群山叢書第二七三篇

扇畑忠雄遺歌集

刊行委員会編

現代短歌社

わが街の豊かになりししるしとぞ
浜の光のかがやかに見ゆ

即日吟詠

扇畑忠雄

目次

凡例　八

平成三年（一九九一年）

「群山」二月号〜十二月号　一三
「あをば」二月号〜十一月号　一九
川と雲と街と（「短歌」五月号）　二四
独詠片々（「短歌研究」五月号）　二六
白い壁（「短歌現代」七月号）　二七
梅雨独語（「短歌」十月号）　二七
広瀬川の月（「歌壇」十月号）　二八
早春雑歌（「秋田短歌」）　二九
挽三首（「ケノクニ」六月号四十五周年記念号）　三一
序歌
『海と川の間』（日野昭弘）　三一
『芽吹く白楊』（高橋華子）　三一
『星移る』（伊佐杉夫）　三二
『冬日』（海輪美代司）　三二
『アカシヤ街道』（岡直勝）　三三
『冬の川』（千葉親之）　三三
『夜の歌集』（熊井則彦）　三四
群山歌会　三四
大伴家持記念歌会（第十五回）　三四
長井南中学校創立十周年祝歌　三四

平成四年（一九九二年）

「群山」一月号〜十二月号　三八
「あをば」一月号〜十二月号　四六
年々歳々（「河北新報」一月一日）　五三
冬の海その他（「短歌現代」三月号）　五四
春の沫雪（「短歌研究」五月号）　五七
青みどろ（「短歌」五月号）　五七
浅春片々（「短歌四季」夏号）　五九
みちのく真野（「柊」新年号）　六一
睡り（「ミューズ」葉桜号）　六一

序歌
『一関短歌会合同歌集』 一二
『風花』（柏倉亮吉） 一三
雑
斎藤茂吉追慕歌集（第十八集） 一三
明治記念綜合歌会 一四
家持記念のつどい歌会（第十六回） 一四

平成五年（一九九三年）

「群山」一月号〜十二月号 一六
「あをば」一月号〜十二月号 七三
新しい空間（「河北新報」新春詠） 八三
少年の日の回想（「短歌現代」一月号） 八三
冬の蔓（「歌壇」二月号） 八四
街ゆきて（「短歌研究」五月号） 八六
仙山線往反（「短歌」八月号） 八六
霧の香（「短歌研究」九月号） 八八
栗駒山麓（「読売新聞」十月二十二日夕刊） 九三
群山歌会 九四
斎藤茂吉追慕歌集（第十九集） 九四
明治記念綜合歌会 九五

平成六年（一九九四年）

「群山」一月号〜十二月号 九八
「あをば」一月号〜十二月号 一〇五
菜心居雑詠（「河北新報」一月一日） 一一四
桜三首（「短歌四季」春号） 一一五
きさらぎの風（「短歌新聞」四月号） 一一五
そぞろごと（「短歌研究」五月号） 一一七
上毛紀行（「短歌」九月号） 一一八
比企の谷にて（「短歌現代」十月号） 一一九
「北海道アララギ」七月号 一二一
序歌
『続山のをりをり』（梅津勇三） 一二一
『合歓の花』（彦坂京） 一二二
群山歌会 一二二

斎藤茂吉追慕歌集（第二十集）　一三一
明治記念綜合歌会　一三二
大伴家持記念のつどい歌会（第十八回）　一三三

平成七年（一九九五年）

「群山」一月号～十二月号　一三六
「あをば」一月号～十二月号　一三四
あたらしき土（「河北新報」一月三日）　一四三
寒き街（「短歌研究」五月号）　一四三
寒暖数日（「短歌四季」24号）　一四四
五月みちのく吟（「短歌」七月号）　一四五
暗緑の谷（「短歌往来」十月号）　一四六
序歌
『多賀の柵庭』（安倍辰夫）　一四七
『空晴れて空』（豊島謙一）　一四八
『筬の音』（岩田叶子）　一四八
『白き繭』（瀬戸忠頼）　一四八
『篠の籠』（高橋華子）　一四九
群山歌会　一四九
斎藤茂吉追慕歌集（第二十一集）　一五〇
明治記念綜合歌会　一五〇
故結城健三氏山形市葬弔歌　一五〇

平成八年（一九九六年）

「群山」一月号～十二月号　一五三
「あをば」一月号～十二月号　一五九
遠き微光（「河北新報」一月一日）　一六六
街上の雲（「短歌春秋」58号）　一六七
白き幻（「短歌現代」五月号）　一六七
野の果て（「短歌研究」五月号）　一七〇
近況片言（「短歌」六月号）　一七〇
「短歌四季」秋号　一七二
老いといふもの（「歌壇」十月号）　一七二
半夏生まで（「現代短歌雁」37号）　一七三
六十万年前（「ポポオ」56号）　一七四
老残試作（「ポポオ」57号）　一七五

日常身辺（「ケノクニ」六月号五十巻記念号）　一七五
五十年に寄す（「関西アララギ」五十巻記念号）　一七六
「青森アララギ」（六十年三百号記念号）　一七七
序歌
『コルヌコピア』（八木純）　一七七
『滑走路』（近藤惇）　一七八
『無線機』（今野金哉）　一七八
『ふるさと会津嶺』（本多修朗）　一七八
詩歌頌（日本現代詩歌文学館案内パンフレット）　一七九
斎藤茂吉追慕歌集（第二十二集）　一七九
明治記念綜合歌会　一七九
煙雲館即詠　一八〇
定家忌献詠法要会小倉山会　一八〇
現代歌人協会四十周年記念号　一八〇
「すがた」一首（短歌書展）　一八一

平成九年（一九九七年）

「群山」一月号〜十二月号　一八四
「あをば」一月号〜十二月号　一九二
冬の星（「河北新報」一月五日）　二〇〇
生くる限り（「短歌新聞」一月号）　二〇一
籐椅子にて（「短歌研究」五月号）　二〇一
槻の木の雨（「短歌新聞」七月号）　二〇三
煉瓦の道（「短歌」七月号）　二〇四
小鳥と椿（「ももんが」四十周年記念号）　二〇五
みちのくの歌（「山麓」四月号五百号記念）　二〇六
「北海道アララギ」八月号（五百号）　二〇六
序歌
『春の雪』（庄司忠実）　二〇七
『往診鞄』（高橋惠一）　二〇七
補遺　二〇七

平成十年（一九九八年）

「群山」一月号〜十二月号　二一〇
「あをば」一月号〜十二月号　二一八
迎春微吟（「河北新報」一月五日）　二二六

「短歌四季」（35号）　二二七
寄生木の歌（「短歌」五月号）　二二七
身辺偶作（「短歌研究」五月号）　二二八
頌（「はしばみ」五十周年記念号）　二二九
頌（「黄雞」五十周年記念号）　二三〇
序歌
『峠道』（麻生慶太郎）　二三〇
『梅花藻』（小沢令）　二三一
『五葉集』（三浦瑞子）　二三一
『林檎の花』（藤原徳男）　二三一
『てんぷらぼうし』（奈良東一郎）　二三二
群山歌会　二三二
斎藤茂吉追慕大会（第二十四集）　二三三
明治記念綜合歌会　二三三
即作（鹿島町公民館依頼色紙揮毫）　二三四
北上川河畔即詠　二三四

平成十一年（一九九九年）

「群山」一月号～十二月号　二三六
「あをば」一月号～十二月号　二四四
年頭偶作（「河北新報」一月三日）　二五一
北の人（「短歌現代」一月号）　二五二
ふあんどしえくる（「短歌」三月号）　二五三
メタセコイヤ（「短歌研究」五月号）　二五四
老いの形（「短歌往来」六月号）　二五五
波に寄せて（「短歌春秋」71号）　二五六
「短歌四季」秋号　二五六
森に棲む者（「短歌朝日」十一・十二月号）　二五七
川戸追想（「新アララギ」一月号）　二六〇
序歌
『庭の四季』（菊地春雄）　二六一
『きさらぎ』（渡辺アヤ子）　二六一
『定盤』（川村和夫）　二六一
『峡の道』（千葉親之）　二六二
『樹冠』（瀬戸忠頼）　二六二
『福島群山合同歌集』　二六三

斎藤茂吉追慕歌集（第二十五集）　二六三
明治記念綜合歌会　二六三

平成十二年（二〇〇〇年）

「群山」一月号〜十二月号　二六六
「あをば」一月号〜十二月号　二七四
蘇生の歌（「河北新報」新春詠）　二七九
境を越えて（「短歌」一月号）　二八〇
照り翳り（「短歌現代」一月号）　二八一
冬の構図（「短歌往来」三月号）　二八二
杖ありて（「短歌研究」五月号）　二八二
梅雨前後（「短歌新聞」八月号）　二八三
「短歌四季」秋号　二八五
序歌
　『雪の狭間』（須佐憲政）　二八五
　『芭蕉布』（森川満理子）　二八六
　『究竟頂』（今野金哉）　二八六
斎藤茂吉追慕歌集（第二十六集）　二八六
明治記念綜合歌会　二八七

平成十三年（二〇〇一年）

「群山」一月号〜十二月号　二九〇
「あをば」一月号〜十二月号　二九八
生くる日（「河北新報」新春詠）　三〇四
創るもの（「短歌新聞」一月号）　三〇五
環状列石（「短歌研究」五月号）　三〇五
体温計（「短歌現代」七月号）　三〇六
アカンサスその他（「短歌」九月号）　三〇七
某日微吟（「短歌往来」十月号）　三〇八
序歌
　『除雪車の音』（佐藤玉治）　三〇九
　『続籐の籠』（高橋華子）　三一〇
群山歌会　三一〇
斎藤茂吉追慕歌集（第二十七集）　三一一
明治記念綜合歌会　三一一

平成十四年（二〇〇二年）
「群山」一月号〜十二月号　三四
「あをば」一月号〜十二月号　三三
召人の歌（宮中歌会始）　三二
音なきもの（「河北新報」新春詠）　三二
待つといふこと（「短歌現代」一月号）　三二
わが半日（「短歌」一月号）　三四
遠き記憶（「短歌研究」五月号）　三五
夢と少年（「短歌十二月号」）　三六
序歌
『からむし』（皆川二郎）　三七
群山歌会　三七
茂吉忌合同歌集　三八
斎藤茂吉追慕歌集（第二十八集）　三八
明治記念綜合歌会　三八
鴨沂会兵庫県同窓会誌　三九
あぶくま川短歌大会用色紙　三九
二高同窓会作品　三九
平成十五年（二〇〇三年）
「群山」一月号〜九月号　四二
「あをば」一月号〜八月号　四八
わが窓（「河北新報」新春詠）　五三
夜明けの星（「短歌新聞」一月号）　五三
白彼岸花（「短歌現代」一月号）　五四
時と共に（「短歌研究」五月号）　五五
序歌
『真野川の賊』（海老原廣）　五六
『歌とともに』（江崎深雪）　五六
群山歌会　五七
茂吉記念歌集　五七
即日吟詠　五七
略年譜　五九
初句索引　六九
あとがき　九九

凡　例

一、本歌集は扇畑忠雄の既刊『扇畑忠雄著作集』（全八巻）のうち、『短歌作品集成』（上、中、下）以降、東北アララギ会「群山」と宮城刑務所教育部発行の「あをば」平成三年二月号から、「群山」は平成十五年九月号、「あをば」は平成十五年八月号までの作品と、この間発表した短歌総合誌紙等の作品を収載する。さらに入院中、リハビリの一環として平成十五年十二月二十五日に制作した一首を添えた。

一、掲載順は「群山」「あをば」を二本立てとし、ついで河北新報、短歌総合誌紙、さらに「群山」をはじめとする各種歌会等の詠草とした。ただ「あをば」、各種歌会等の詠草は他と重複するもの多く、その場合は「あをば」等の作品を削除し他を生かした。

一、類似する作品でもその度合によっては生かしたものがある。

一、使用の漢字については常用漢字を原則とするが、「蔭」「應」「劃」等の新旧の混同、さらには「凛」（「凜」の俗字）や「侘」（「侘」の誤用）等も原作にしたがっている。

一、仮名については歴史的仮名遣を原則とするが、「連翹」（れんぎよう）、「未生」（みしよう、みしやう）などごく一部現代仮名が混じり、あるいは「夕映え」「夕映」等、読み違える恐れのない場合、送り仮名の欠落したものもあるが、多方面への発表に鑑みて原作にしたがった。また、「光り」のように「り」を送るのは著者の癖で、決して誤りではなく、これもそのままにしてある。

一、巻末の初句索引は、現代仮名遣の五十音順に収めてある。

扇畑忠雄遺歌集

平成三年（一九九一年）

「群山」

二月号

骨ながら冷え徹るごとき宵々の脚包むべしよはひ八十

脚冷ゆる嘆き年々の常といへことし必ずしも暖冬ならず

わが頼む三たりの君ら過ぎゆきぬ何に従はむ今より後は

安らけき面わなりしと聞きしより亡きを諾はむ心さだまりぬ

哀しみは底ごもる如或る時はただよふ如く吾にまつはる

哀しみは怒りに似たり遠永きみ命をあだにたのみゐたりし

君の朗読テープの声のしづかなり遺れる者に相呼ばふ如

三月号

西国の友のたまもの吉野葛熱き葛湯を今宵つくらむ

事あれば茶房リプトンにこの友と行きて談りき五十幾年前

父の亡霊といふにもあらず日露役の金鵄勲章を吾の手に載す

直立の小学一年生吾の写真サーベル佩ける父に従ふ

茂吉の忌近づく二月の寒き日を翳深きデスマスクに対す

四月号

前の歌の上句《かみのく》に次の下句《しものく》を結びて一首訂《ただ》し給ひき　土屋先生

原稿の上にたちまちペン走り言葉なかりき添削のさま

歌作ると知らざりし弟の投稿を文明選歌に見ておどろきぬ

療養所に胸養ひし弟はひそかにアララギに歌送りけむ

君の弟の原稿だよと選り出して渡し給ひき弟の死の後

五月号

若き日をわが親しみし面かげの千田是也に今日会ひにけり

劇場の隅にひそかに吾ありきシュプレッヒコール昂ぶる中に

髪清く老いたる君の進み出て井上靖の霊にとむらふ

土屋先生の別れと同じ青山の彼の日は晴れて今日曇りたり

月おかず再び来たりし青山に先生の跡よぎることなし

六月号

わが嘗てたづね来たりし記憶なし田原西ノ陵の道を求むる

茶畑を幾つ越え来ておのづから道通ふなりみささぎの杜へ

志貴皇子のとはに鎮まるみささぎに心つつましみ歌を唱ふ

いにしへをしのぶ心に咲き残る馬酔木の花も手にふれにけり

雉子の声聞こゆといへど茂り深き丘に草生に継ぐ声もなし

七月号

峡の間の初瀬より室生に向ふみちけふのしぐれに川一つ越ゆ

宇陀川をわたりて上るきざはしにしぐれに濡るる石楠の花

新みどり木の間に立てる室生寺の塔に近づく恋のこころに

志貴皇子の跡の白毫寺《びやくごうじ》堂朽ちて椿さかりなり散れるもあまた

阿騎の野に古人《ふるびと》さびて仰ぎたり陰暦三月八日昼の白い月

八月号

多賀城より出土の漆紙《うるしがみ》千二百数十年前の「王敬」の文字
「王敬」すなはち百済王敬福にて産金の世の陸奥守たりき
敬福の献上せし砂金九百両水銀にまぜて大仏に塗る
水銀を蒸発せしむる鍍金法あはれ死に至る水銀と知らず
鋳造の工人いくばく水銀にいのち死せりや史《ふみ》にしるさず

九月号

沈痾《ちんあ》自哀《じあい》の文に引きたる扁鵲《へんじやく》の心臓移植を憶良知れりき
胸を割り心《しん》を採り易《か》へて置くといふ勃海の医扁鵲を万葉に伝ふ
生と死の境を吾は知らなくに心臓の生くる限り恃まむ
たまきはる内の限りを量るもの脳死かあらず心臓の死ぞ

脳髄の衰へゆくかことわきて人憎むこと少なくなりぬ

十月号

あら草のおどろを行きて山萩のことしの早き花を見にけり

宵々にみだれて蛍とぶといふ青田をけふのまぼろしにせむ

備後よりことしも鮎ずし賜ひたり川の水苔の香さへ聞くべく

備後より石見に越ゆる川一つ立つ川霧にまぎれか行かむ

士官学校に尋ね行きたる遠き日よ凛々《りり》しかりき教官柴生田稔

若きより君の知性にまねぶべくその鋭きにつひに及ばず

十一月号

否《いな》も諾《う》もさはれマルキシズムと共存の時代を吾ら若く生きたる

一夜明けてソヴィエトの名を吾ら見ずうつろひ早し激動といふは

ソヴィエトより再びロシアに移るのか一つだに専制あるべからず

留置場の拷問にいのち絶えし友畏れしめたる秀才なりき

新しき世にあくがれし友の死を傍観にのみ過ぎし若き日

十二月号

みちびかれ坂のぼりゆく湯の街のおのづから至る上人誕生寺

一遍上人木彫りの像にまみえたり台風過ぎし伊予のみ寺に

子規の国に来たりて子規を談《かた》らむに遠くなりたり九十年祭

再びを来りわが見る歌碑一つ雨の萩分けて君の門べに

水引の咲きたる庭に小さなる文明歌碑あり手にも撫づべく

もてなしの君の家より行く道に山頭火終焉の跡もよぎりぬ

「あをば」

二月号

耳病みてやや衰ふる聴力に齢の老いをわが知るごとし

新年を待つは少年の日にも似ずそのよろこびの返ることなし

三月号

よろこびの少き年に土白く降りたる今朝の雪になごまむ

日帰りの小さき旅に乾きたる国より出でて雪に下り立つ

憲吉と茂吉文明三つながらみ葬りに侍りしえにしを思ふ

文明の告別式を終へしのち青山墓地に茂吉の墓訪ふ

四月号

隣り合ふ坂にまじはる坂ありて繁り合ふ木に見おぼえのあり
坂下りてまた坂あればしばしばも行きて迷ひき似たる街並

五月号

白く照る雪の光のまぶしかりわが老身の朝の目覚めに
夜すがらの南の風にけさ晴れて白く垂れたりあしび花房

六月号

ビル厚き壁にさへぎられ空を見ず病室の窓つねに翳《かげ》りて
病室に運ばれて臥す五日間朝より夜につづく点滴
ＭＲＩ（磁気共鳴映像機）の下に臥したる数十分さまざまの音を脳にひびかす

おのづから哀へゆかむ現身《うつしみ》のやや障《つつ》みあり新緑のころ

家出づることなき日々のつづきたり夕べは稀れに投函に行く

怠りて仕事溜れど宵々のプロ野球放送一つ見のがさず

この秋は松山にて講演一つせむ「子規とみちのく」といふ演題にして

七月号

沙羅《さら》の花咲くべくなりて葉ごもりに白々と見ゆとある街角

沙羅の花はじめて見しは昭和初期比叡の山の或る寺なりき

夏椿そのあえかなる白花を沙羅にたぐへて人らたふとぶ

紫草《むらさき》の白く微かなる花一つかがみて見たり草を分けつつ

球なして紫陽花の花いろづけばわが庭に知る日本《にっぽん》の梅雨《つゆ》

梅雨冷えに足袋を穿《は》きたりやや病みて家ごもる日の多くなりつつ

霧雨のごとくに降れば窓あけて湿る空気をほしいままにす

八月号

心萎《な》え怠りてテレビに見るものぞ大角力につづく夜のプロ野球

チャンネルを切り替へ切り替へわが向ふテレビは夜毎プロ野球のみ

ジャイアンツ負ければ快しといふその心境にわが同感す

咲かざりしことしの花の一つにて庭のおどろの中のアカンサス

希臘にて見たる廃墟のアカンサスわがまなかひに幻なすよ

沙羅《さら》の花たちまち散りて梅雨ふけぬいささか病みて家ごもる日々

家出づること稀れ稀れに今日知るは花咲きそめし坂の上の臭木《くさぎ》

九月号

まな下に沼の睡蓮の花白く曇り日の森けふ静かなり

幻のごとく一たび聞きしのみ郭公は街の空をわたらず

己が身にまつはるものを疎みたり伸びやすきわが手と足の爪

十月号

はまゆふのことしのおそき花を待つ雨過ぎてより秋となる日々

立秋を過ぎてことしの浜木綿の後れし花梗一つ立てたり

蜜柑みのるこのふる国に親しみぬ子規のゆかりをさきはひとして

子規の国松山より海を渡らむかふるさと広島に亡き父母ぞ待つ

十一月号

颱風のさきぶれの雲遠ぞきてあかねさす見ゆわが窓の外
据ゑられて石あり吾を待つごとし黒々と茂る森の中の道
入りゆかむ秋暑き森に睡蓮の花の乏しき池一つ見ゆ
いち早き紅葉の下を過ぎゆきて谷川の白き激《たぎ》ちに向ふ
峡《かひ》の間《ま》をしぐれの通ふしづけさに谷川のへの鶏頭の花
伊予の国よき湯の宿にひと夜寝て老いの心をゆたかならしむ
尊かるみ仏をわがをろがみてうつし身の心満ち足らひたり　（一遍上人立像）

川と雲と街と　（「短歌」五月号）

日帰りの小さき旅に親しみていま渡る橋の下の冬の川
葦浸す川青くしておく山の雪解《ゆきげ》の水のまじりたらむか

けさ降りしいささかの雪斑《ふ》となりて河原の草の春はいまだし

傷つきてとどまる白鳥水にあり来む年の群を待つとにあらじ

川岸の草に潜める軽鴨かややに動けばそれと知れつつ

雲の下に吾在り雲のかがやくをひねもす待ちてひねもす空し

街の上に所を変ふる冬の雲高ければ雲の影を落さず

雪となる雲にやあらむ街の上にうつし身の上に相迫るごと

鋭角に立てる塔見ゆあしたより夕べに動く一つ雲あはれ

遠き雲あかねの色に映ゆる時その下谷の甍々も照る

わが住まふ街区の空を去らぬ雲さながら春に移りゆくらし

死にゆくは戦ふ人らのみならず昨日また今日友の訃を知る

楔形文字講じて若き教師ありき遠き日の文化も今を救はず
流域のシュメル文化と知れるのみ多く怠りし彼の日の講義

独詠片々（「短歌研究」五月号）

残雪の陶のごと白き山並に向ひて日帰りの旅も終りぬ
墓地の草払ふすべなく廃るると心はいたし故郷喪失
老いの足たゆたふまでのわが歩み橋を越ゆれば川に沿ふのみ
運河沿ひ河口に出づる道あれど引き返すべしあてなき歩み
ものの芽の匂ふ野の上《へ》を行きしかば草に紛れて道を失ふ
チグリスユーフラテスの川の名に思ひ出づ楔形文字を説きし君
戦ひはかくの如きか火群《ほむら》立つ砂漠も油田もうつし世ならず

白い壁（「短歌現代」七月号）

講話半ば崩折《くづを》れゆくは知れれども仆れしきはを吾は覚えず

渋民より盛岡へ向ふ三十分みちびくは救急サイレンの音

盛岡の五日間盛岡の空を見ず病室の白い壁の下にて

磁気共鳴映像装置に臥して堪ふ鉄打つごとき音の連続

帰りける家にしきりに散りくるはけやきの花かわが窓の外

こまかなるけやきの花の溜りをりベランダに日毎所移して

みちのくの夏ぞ到らむ緑濃くかがよふ中にやや障《つつ》みあり

梅雨独語（「短歌」十月号）

梅雨ふかく田の中に立つ揚水所あふるる雨に水門閉ざす

夕暗く一つ灯ともる機関場に立葵の花おぼろかに見ゆ

梅雨のあめみなぎらひゆく用水路木槿咲きたり幾ところにも

戻り梅雨け寒き日々のこもり居に己がしはぶきをひとり寂しむ

「酔心」あり「楢平」ありてわが厨房いささか富めり人ら訪ひ来よ

たまゆらのけふの平穏坂の上の臭木の花に来て和ぎむとす

人に世に憤るは老いの常といへはびこる金権の悪は許さず

広瀬川の月（「歌壇」十月号）

青葉山と帯ばせる川の広瀬川二つながら照る夕月の下

街の中蛇行して水しづかなる川の隅々月にしづめり

段丘の川岸に刻む断層をあらはにしたりこよひの月夜《つくよ》

広瀬川に鳴くなる河鹿と空の月戦ひの日より久しくなりぬ

老いし眼の乱視となれば輪郭のさだかならざり夏の夜の月

まどかなる月を正目《まさめ》に仰がむもわが残生に又あらざらむ

青葉山の裾廻《すそみ》めぐれる川一つネッカー川に人たぐへたり

学都仙台をハイデルベルクになぞへつつ旅人あゆむ川沿ひの道

古い橋《アルツブリユッケ》わたりて街の石だたみ踏みしを思ふハイデルベルク

ネッカー川へだてて見ゆる哲学の道《フィロゾーフエンヴェーク》わが待つ月はいまだなれども

「月代《つきしろ》の誘ふがままに眼をあげて」古城仰ぎしと哲学者しるす

白雲に照る月光を阿部次郎ハイデルベルクの宿に感傷す

早春雑歌　（「秋田短歌」）

三月の風寒くしてわが肩に微塵のごとき雪を降らしむ

わが坂は南を向きて融けやすしよべの一夜の雪を残さず

学生の下宿を継ぎて今にあり本郷一丁目坂の上の宿

戦後しばしば東京に来れば泊りたり焼跡の街の坂をのぼりて

撃ち込みて街を亡ぼすまがつ火も過ぎ去りし世のことにはあらず

油田焼きて空をおほへる黒き煙思ふだに苦し人の世の上

メソポタミヤの名を知るのみに親しみき栄えし古代の砂漠の民ぞ

戦ひをもつとも知るは吾らなり銃を棄て空よりの炎落さじ

壁砕けかたむく家々を映像に遠き湾岸の戦を見しむ

壱岐坂はわが知れる坂わづか残る下宿旅館は明治のごとし

挽三首（「ケノクニ」六月号四十五周年記念号）

氷見の寺に大関文明の墓の石行きてわが見しことも忘れず

青き国ふるさと恋ふる石文を残し給ひし心おもはむ

天の下すでにいまさぬ君なれどみ魂は還れふるさとの上に

序歌

歌集『海と川の間』（日野昭弘）

立ちのぼる潮の香りを聞く如し海のたつきの君が歌読めば

うからりを詠みたる歌に感動す君の心のさながらにして

君の住む八戸の街をわが知れり海と鷗とかがやく雲と

歌集『芽吹く白楊』（高橋華子）

海彼海此旅に詠みたる君の歌いづれも親し共なりしかば
常の人の常なる思ひ隠すなく君は詠みたりそのまごころを
夫ぎみの病むをいたはる歌多し内の心の輝きにして

歌集『星移る』（伊佐杉夫）

世の常の人と自然に向ひつつおのづから深しその歌の境
若かりし命の声を聞くごとし苦しみ越ゆる抑留の歌
海のはて異邦の旅に詠みし歌日本のまことのこころを伝ふ

歌集『冬日』（海輪美代司）

人の世のまことを君の上に知るつつましく生くるなりはひの歌
雪多き北国とその生活をつぶさに詠みてよき調べあり

妻ぎみと共に歌詠む幸はひは歌集「冬日」をすがしからしむ

歌集『アカシヤ街道』（岡直勝）

幼くてわが遊びたる大連の君の歌読めばふるさとの如

中国の旅共にせし思ひ出よ北回帰も君と越えにき

亡き母と弟に心尽くしたる歌の数々かがやきをなす

歌ありて君の一生《ひとよ》を支へたり花も禽らも君の道づれ

歌集『冬の川』（千葉親之）

会津の国君ありとわが恃むべし命に向ふ歌集成りたり

よき所よく見て旅のくさぐさの歌詠みにけり調べしづかに

みちのくの風土に根ざす歌なれや川も草木も蘇るごと

歌集『夜の歌集』（熊井則彦）

札幌にて遇ひし日はいつ歌詠みて今日ある君とわが知らざりき
その知性時に自虐と思ふまできびしかりけり又すがしとも
翳《かげ》の如き都会の中に佇みて君詠むらむか人の世の極み

群山歌会

十一月歌会

冬となる雲の翳りを窓に見てわがこもるのみ老いに入る日々

大伴家持記念歌会（第十五回）

この丘に立ちて家持の仰ぎけむみちのくの空のあかねさす雲

長井南中学校創立十周年祝歌

十年のめでたき光陰重ねたる学び舎常に新しくあれ

最上川流るる里の置賜はこころのとはのふるさとにして

若き子の命はぐくみし十年ぞさらに伸びゆかむ大木の蔭

平成四年（一九九二年）

「群山」

一月号

北京より渡り来りし魯迅のノートGペンなりや細々と書く

解剖学ノートに多く朱を加へブランクも補ひき藤野先生

生誕百十年といふを記念して遺品に並ぶ成績簿など

仙台に学びし魯迅日露役のどよめきの中つひに医を捨つ

露探処刑の幻燈を魯迅に見しめたる階段教室今に存《のこ》れり

虹口公園ゆきて魯迅の墓に立つ再びなりき上海の旅に

二月号

雲淡《あは》く空かすみたる冬の日を今日の日の日記に「晴」としるせり

ヒマラヤ杉高き茂りに保つ翳《かげ》街上にして吾は仰ぎつ

ビルの空冬の光の澄みたるを吾に稀れなる時とおもはむ

わが義歯の合ふと合はざる時とあり今年の冬の合はざる多き

咳抑へ仕事に向ふ宵々のわびしさよわが一人のもの

街角を走りゆきざま銃撃す民族の解放かはたにくしみか

三月号

川に沿ふ小さき冬の旅なれや襟巻一つ忘れて帰る

置き忘れしものを電話に確かめぬ襟巻をといふにマフラーかと應ふ

襟巻はトカゲの名のみに残れるか吾ら首巻とも呼びけむものを

石油ストーブを燈炉と子規は名づけたりそれさへ舶来品なりし明治期

和賀川に沿ひて黒沢尻にたどりたる二十六歳の子規をぞおもふ
七夕の雨夜黒沢尻に宿りたる子規を「はて知らずの記」に偲ぶのみ

四月号

世はなべてめでたし天下泰平なり然《しか》れ言葉は遊ぶべきものならず
言霊《ことだま》はありもあらずも助詞一つに心尽くさむ日本の短詩形
「羽のやうに軽くではなく鳥のやうに」西欧詩人の箴言《エピグラム》一つ
歌作りつづけて六十幾年か愚かなりければ拙《つたな》かりければ
歌によりよき人三人《みたり》に遇ひにけりすでに現《うつつ》の人にはあらず
非生産的と人はいふとも残る生《よ》の命を寄せむこの短か歌

五月号

「打球鬼ごつこ」とぞ人言ひし明治十八年ベースボールの訳語

通称升《のぼる》に因みて野球《ノボール》と署名せり文弱の徒にあらざりき子規

ベースボールの歌あり病まざる若き日のユニホーム姿の写真あり子規

「野球」の訳語創始者にあらねども子規は実技にひたすらなりき

野球ルールつぶさに書きし子規故に野球殿堂入り薦むる人あり

むさぼり食ひ腹苦しむをさながらに已れ曝せり「仰臥漫録」

六月号

峡のみち笛吹川を越えゆきて桃咲く時に吾は遇ひたり

咲き乱れ桃の畑のつづくはて空気明るし山国にして

咲き残る桜につづく桃の苑くれなゐぞ照る右にひだりに

まほらまの国内《くぬち》にミレーのこの画あり照明ほのかに「種を蒔く人」

バビルゾンの一人ぞ「牛飼」と「種を蒔く人」とまさ目に今のうつつに

甲斐の国桃咲き匂ふ時に来てエゴン・シーレの鋭き画見つ

鰻屋に蒲焼を食ひビールのむ山峡の街冷ゆる夜ふけに

七月号

若萌えの樟茂りたる坂下りて白き船見ゆ雨ふる埠頭

海の香を聞くこともなき雨の中ブリッジ長き港見下ろす

雨に来て濡れし身一つ憩はしむ茶房「霧笛」の木の椅子の上

中華街昼ふる雨に歩み来て面向《おもむ》くままに菜館に入る

雨の昼中華菜館に入りて食ふ旅の心といふにも遠く

傘ささず軒下の道えらびつつ歩み行くべし小《ち》さき広場に

八月号

ふかぶかと樟の翳《かげ》する古き道おのづから通ふ都府楼の址

大野山の繁みのひまに見下ろせり政庁址の礎石つばらに

水城《みづき》の址道に切られて車多し渡るに踏切りの信号を待つ

帥《そち》の旅人《たびと》湯浴みし次《すき》の温泉《ゆ》といへば遠く来りて身を沈めをり

車椅子のみ子とその父に携り古きを踏みぬ草の上石の上

九月号

空行きて筑紫の国に遇ひにけり病ひを超えし木村正雄

癒えたれば声のすがしき君の手をとりてぞ思ふえにし長きを

軍港の町に夜毎につどひたる友らの中の君若かりき

戦ひに死にたる病みて逝きしあり残るは多く老いに入りたり

先生の色紙掲ぐる壁の下語らふに今日の時過ぎやすき

照葉樹明るき国にあわただし遇ひしよろこびにわが帰るべく

十月号

槻の林風のこもればさし交はす枝水平に靡き合ふなり

槻の木の枝渡りくる風見ゆれ二階の窓に向ふ一とき

痰切れず嗽ひを日々の役として身の衰へをおのづから知る

わが腕の痒きを掻けば左より右にいつしか移りたるらし

金権のみにくき政治はびこればその一人だに吾は信ぜず

十一月号

わが歩み地下鉄沿線に限られてかの丘の道行くこともなし

あくがれの如くに向ふ一つ丘朝見て夕の落日に見る

赤十茎白一茎のまんじゆしやげ年どし咲きて吾を寄らしむ

槻の木の下に年毎咲き出でてよみがへるなり白曼珠沙華

消極に生きて保てる命ともひとり思はむ残る限りを

着流しに下駄穿きて立つ暗き街ポストまでの道行き返るのみ

十二月号

たゆたひて一日《ひとひ》過ぎたる夕暮れに行きて聞く雨の夜のコンサート

はかどらぬ原稿を措きて秋晩き雨の夕べを妻とたづさふ

片耳のやや廃《し》ひてわが聞くものか弦《げん》ひびくドレスデン国立歌劇場管弦楽団《シュターツ・カペレ》

さやに振る手にこぞり合ふ弦《げん》と管《かん》田園交響曲のフィナーレ

ブラームスこよひ聞きたるたかぶりに槻並の夜の雨に帰りぬ

「あをば」

一月号

森のかげ早く昏れゆく寺の庭子規に並びて茂吉の碑あり

台風の塩害にアララギ枯れ立てり茂吉の歌碑に副《そ》へて植ゑたる

松山の名菓タルトもとめたり湯の街に並ぶ店の一つに

子規を語る縁《えにし》に会ひたる同窓の友ら二人のすこやかにして

雨の降る桟橋に伊予の友ら立つ吾は水中翼船に在り

台風のなごりの波に揺るる船海渡らば呉の友ら待たむに

内海の島々雨におぼろにて近づく波止に手をふる友ら

二月号

国遠き動乱も読みて知るのみに冬の山茶花の落ちたるを踏む

土に散る山茶花の朱褪《あけ》せゆくを見つつ一月下旬となりぬ

長びきし風邪を守りて家出でず二月近きをわが恃みつつ

二月十五日吾の生まれし月なれば長びく風邪より立ち直るべし

白々と屋根に雪置く家々の夕べとなればともる窓の灯

東京の晴れを伝ふるこの夕べわが住む街に雪降りみだる

足袋はきて寝《い》ぬる習ひの佗しかり脚冷ゆるわが低血圧症

三月号

和賀川の北上川に交はりて白く激《たぎ》つを見て過ぎむとす

明治二十六年何にきほし一人の旅「はて知らずの記」にわが偲ぶのみ

黒沢尻合併に成りし北上市そこに建つ日本現代詩歌文学館

文学館に関はりあればしばしばも北上川に沿ひて訪ね来《く》

四月号

宵々に冬の蜜柑を食らふこと楽しみとして炬燵に寄りぬ

六月号

差し交はす枝より枝に雫あり降るとしもなき欅林の雨

葉ざくらとなりてすがしき木蔭《こかげ》道わが踏む靴の音ぞ聞こゆる

七月号

坂のある舗道つづけり茂り合ふ樟の下蔭やや暗くして　Ⅰ

港あり白々と船見えながら四月の雨のけふ寒からず

ベイブリッジ見ることもなく慌し港の街の半日にして

樟の木の緑にほへる筑紫路に来りて心よみがへる如　Ⅱ

照葉樹かがよふ街を歩み来て発掘の跡つぶさに見たり

鴻臚館掘りたる跡を囲ひして出土の青磁くさぐさ並ぶ

日の入りのおそき南の国に来ていにしへの島を波の上に見つ

八月号

ことしまた沙羅の木の花に遇はむこと喜びとしてこの道を踏む

葉ごもりに白よごれなき沙羅の花今日の心をすがしからしむ

花梗二つ立ててアカンサス梅雨の日々やうやく花の咲きのぼるらし

日の差すは早く咲きつつ翳りたる木下いまだしアカンサスの花

いつ知らに形づくりし紫陽花の花のむらさき淡々として

庭くまの紫陽花をわがかへり見ず咲きにほふより朽ちはつるまで

みちのくの港の町にわが見たる白花夾竹桃を忘れず

九月号

川沿ひの今日行く道に森多し森の中なる栗の木の花

森にまじり盛り上るごとき栗の花けふの晩夏の光しづけし

ほのかなる合歓《ねむ》の花咲く一ところローカル線の駅に見て過ぐ

わが通ふ道べに臭木《くさぎ》の花咲けば手触《たふ》れつつ行く暑き夕べを

万葉の久木《ひさぎ》は今見る臭木とぞ説きたまふ君にわが従はず

おそ夏の暑さ残れる夕ぐれを皮膚の痒《かゆ》きに薬塗りをり

夏毎におこたる癖は少年の日にことならず老いたる今も

十月号

種子一つ埋めし土に年毎によみがへり咲く浜ゆふの花

秋の雲白くただよふ空の下わが一鉢の浜ゆふの花

浜ゆふのしろたへの花にのぼりくる蟻あり蜜を求むるらしき

浜ゆふの花朝なさな咲きつげど朽つるは早し汚なきまでに

浜ゆふのしどろに長《た》けて下草に落せる種子を手に集めたり

筑紫路の唐泊《からどまり》にて拾ひたる浜ゆふの種子は人に分ちき

ほの紅き印度浜木綿の花なりき早く亡びておもかげをなす

十一月号

射水《いみづ》川雄神の川と二並《ふた》ぶ晩夏の夕べ国わたりゆく

藤波の社《やしろ》の階に這ふごとし手触《たふ》るる藤のたくましき蔓

布勢《ふせ》の湖《うみ》の跡をしのびて丘の上海につづかむみのり田を見つ

家持《やかもち》を祀《まつ》る御影社《みかげしゃ》小さきに心つつまし遠く来りて

越中の守《かみ》たりし壮《わか》き家持を心に持ちて今日の旅ゆく

越中の国府《こくふ》の址《あと》の大き寺万葉のつままの大き幹立つ

家持の住みけむ館《やかた》の址といふ伏木《ふしき》の町の古き測候所

十二月号

くきやかに秋空を限る七つ森その山襞の紅葉はだらに

裏返り朴落葉あまた乾《から》びたりけふの秋日のしづかなる径《みち》

黒々と茂れる森の中のみち池あれば石の橋わたりゆく

睡蓮の葉をひるがへす風ありて吾を吹きたり池渡るとき

森の苑白きテントをつらなめてバザール立てりもの煮る香り

地下鉄の駅より下りてわが向ふ森の茂りの秋さびて見ゆ

稀れに来てこの森の道もとほるに木の間の光きらめく如し

年々歳々（「河北新報」一月一日）

明日よりは何を待つべき黄の落葉舗道に踏みて行き返るのみ

夕茜淡くなりゆく時の間の冷ゆる硝子戸閉ざさむとする

正岡子規九十年祭に招かれて子規と「はて知らずの記」を論ふ

再びを上人の像をろがみて雨降る松山の港を発ちぬ

青森の林檎大和の柿ありてゆたかなるべし年の初めを

冬の海その他 （「短歌現代」三月号）

運河越え運河に沿ひてゆく道のいつしか冬の河に出でたり

かがやきもなき冬の水目のまへの海重々と岬を包む

枯葦を足に踏みゆく渚みち枯葦の中に動くものゐる

小さなる川といへども海に入る河口の潮はあかく濁れり

渡りくる禽を棲ましめ冬の水さびさびとせりここの入江は

砂の上わづかの雪の解けずして萌えづる青きものをうるほす
さだめなき心に出でてわが向ふ海吹く風に潮の香もなし
あまつさへ老いを嘆かむ心かな渚の砂を踏みわづらふに
若き日の昴り今は何せむに冬のうしほに心和ぐべし
幹細きけやきの木々の錯落に冬の月出づ黄にまどかなる
差し交はす枝々の間を灰色の空気ににじむ冬の月見ゆ
よべの雪解けたる跡を幹ぬれて木毎照りたりけやき林は
冬のみどりみづみづとして輝けり甍を越えて林の上に
犬死にて行くこともなき草みちをけやきの落葉積みて閉ざしぬ
塩の風枯らしし枝の葉は白く病めるが如し海沿ひの木々

年の初め風邪ひきてただに家ごもり新しき土出でても踏まず

たまきはる老いの命を養へと南の国の蜜柑たまひね

からうじて晴れたる冬の庭に出づ紅き山茶花の散りたるが上

風邪守り襟巻をして見るテレビただしドラマや演芸は見ず

痒きところ夜毎移りて寝ねがたし老いの孤独といはむ思ひに

拷問に友死にしより侵略の暗き時代に移り行きしか

国遠き動乱を読みて知るのみに飢うる民衆を救はむは何

共産の主義に嵐の如ただよひし時代も過ぎて何の静謐

マルキシズムまた蘇る日のありや昭和初期吾ら学びし輪講

ソヴィエト連邦の名の失せしかば歴史の転回をいまぞ知るべき

春の沫雪 (「短歌研究」五月号)

みづからの発音さへや遠くして左の耳の痿《し》ひむとすらむ

足たゆく歯のゆるみたる衰老を疑ふべしや諾《うべな》はむのみ

なほ光ある運命を求めむか変若《をち》返るべきわが代ならねど

わが老いの境澄まねば見る夢のきれぎれにして過去の残像

樺色に煉瓦よそほふ小工場雪降りしきる谷の間にして

雪の道工場にかよふ谷のうへ脚高々と橋架かりたり

夜もすがら甍に土に積れども春の沫雪《あわゆき》なれば溶けたり

青みどろ (「短歌」五月号)

近々と紅梅の花見むものをいまだ紅梅の林に入らず

冷凍の握飯《むすび》を一つ電子レンジの火にあたためて吾は食ひたり

痰切れず朝も夕べもうがひしてわが群肝《むらぎも》をすがしからしむ

青みどろあらはに見ゆる一ところ街の中なる下水道越ゆ

わが日々の通ひ路にして地下鉄の空洞の如きをはやあやしまず

「一茶父の終焉日記」を読みてをり雪の街より帰り来りて

ガードくぐり暗き灯かげの風の中さすらひ人の如く行きたり

窓の外まんさくの花咲かざるをエルニーニョのせゐと思ふともなし

飛島より送り来りし岩のりぞ朝よひ食《た》ぶる日本海の香

暖流と寒流とまじはる島の沖行きて見しより心を去らず

本読まず本買はずなりし折しもあれ馴染みの本屋閉店したり

若い時買つた一冊だに古本に売らざりしこと如何に思はむ

大学前の書肆中西屋と吉田山二つながら恋ほし遠き幻

中西屋廃れしを遠く聞きながら行かばその跡に立たむと思ふ

浅春片々　（「短歌四季」夏号）

宵々に冬の蜜柑を食らふこと老いのよすがの楽しみとせむ

風邪守り家ごもる日の煩ひぞ剃らざる髭の伸びやすくして

わが脚の冷ゆるを嘆くこともなし移り来む春近きを知れば

ドリンクといふもの吾は好まねど目の前にあればやむをえず飲む

眼薬をさして眠らむに残像の如きものありいづくより来し

もの書かず読まずひねもす窓に見る冬の霞といふにやあらむ

三月の雪溶けやすくゆづり葉の葉づたひにして滴りやまず

ゆづり葉のくれなゐ立てる葉柄のあざやかに見ゆ雪溶くる時

ひるがへる光といふはこのことか枯木をわたる瑠璃色の鳥

何鳥かわが知らなくに枯木なすけやき林を枝移り飛ぶ

水気《すいき》ふくむ春の雪なれ幹ながら山椒の木の崩折れにけり

葉を摘みて香らしめたる山椒の今朝見れば雪を負ひて倒れぬ

フィラリヤを病みてわが犬斃れしはこの山椒の木の蔭なりき

ひよろ長き一木《ひとき》を朝鮮松といふ人入れしめぬ獄の庭にて

わが見ても久しくなりし松の古木月ごと通ひ月ごと仰ぐ

煉瓦高き門より入りて踏む道のすでに四十幾年となる

手につきし松毬《まつかさ》の脂《やに》にほふままけふの佗しき夕べとなりぬ

学生演劇のつどひに招きし君を見き岡田嘉子二十七歳の日

樺太逃亡十年ほど前と思ふ君囲みて吾ら何を語りし

二国《ふたくに》にかけてたゆたひし生涯かソ連崩れしのちモスクワに死す

みちのく真野（「柊」新年号）

幾たびか来て真野川を渡るなり今日は汐満ちて水匂ふらし

太平洋に入らむ川一つ恋ほしみて古墳の丘をわが下りゆく

夕映えの茜は早く昏れゆきて天のも中に三日月立てり

睡り（「ミューズ」葉桜号）

夢も見ず睡り深かりし日々を恋ふ老いの嘆きといふにあらねど

山の中時忘れし如草に寝てうつつ知らざりき若き日のこと

睡眠に入らむ識閾をわが知らず疑はざりき若きより今に

老いてなほ美しきもの吾は見む若かりし日に見えざりしもの

人の上に世の上にはた草に木に稀なるを見むわが残る限り

序歌

『一関短歌会合同歌集』

北上川流域を住む国として君らつどへりよき歌の友

心こめし歌の数々相寄りて成りたる歌集共によろこぶ

『風花』（柏倉亮吉）

いにしへを深く究むる君にして歌の調べのおのづからなる

学と芸と一つなるべきことわりに君の歌あり命さながら

歌集の名「風花」を吾も好むなりみちのくの空にきらめきて飛ぶ

雑

もぢりともへなぶりともつかぬ歌多し世紀末は常かくの如きか

新しき童謡《わざうた》にもならぬ世《よ》迷言《まよひごと》非生産的といふはこのことか

歌作るのが莫迦《ばか》らしくなるにちがひない軽口《かるぐち》の歌片言《かたこと》の歌

世にさとくあらば歌など苦しみて作らざりけむ愚か人吾は

世紀末きびしき線と形象とエゴン・シーレの「うづくまる裸婦」

斎藤茂吉追慕歌集（第十八集）

遠ざかりゆく面影にあざやかに病みてよろぼふ茂吉先生

明治記念綜合歌会

槻の葉のしばし動かぬ時ありて暑さ残れり九月朔日

家持記念のつどい歌会（第十六回）

ことしまた越の国べをめぐり来て親しみちのくの家持忌の日

平成五年（一九九三年）

「群山」

一月号

庭土の狭きを覆ひ尽くしたる槻の落葉の色うつくしむ

片寄りに散れる落葉の今朝見れば位置移りたり風向きならし

硝子戸をよぎり散りゆく落葉の影今日のひねもす絶ゆることなし

吾と齢同じき頃ぞ如何《いか》なりし先生の年譜を取り出でて読む

世の上に人に憤りあらしめよ憤りは老いを変若《をち》返らしむ

二月号

微かなる雨と思ふに庭の沙ぬれ行くを見つはかな心に

ゆづり葉の葉柄赤きみどり葉にすがしと向ふ老いのさきはひ

高く立つゆづり葉と伏す侘助と二つながら親し亡き人のもの
年越えてなすべき予定何と何そのはかなきをすでに知れれど
頸巻きをして風邪守る日々といへ責めてやまざり原稿幾つ
階下より電話を告げて呼ぶこゑす耳遠ければ多く聞こえず

三月号

旧石器の遠き時代を測るべくこまごまと並ぶる石斧《せきふ》石鏃《せきぞく》
壁に貼り地層の断面見しむるにこの火山灰土いづれの紀年
石器展の一隅にして見る映像《ヴィデオ》石斧するどく肉を割きゆく
うつしゑに副へて白き花盛《も》れるのみ祈りしづかなり無宗教なれば
吾よりはなほ若ければ悼むべし幾許《いくだ》もあらぬ逢ひなりしかど

空晴れて冬の外光まぶしかりかのみ葬《はふ》りの日の如くにて

（後三首、小田切進氏告別式）

四月号

「ある台湾知識人の悲劇」読みゆくに教師の吾の名引きて録《しる》せり

敗戦前後日本に学び苦しみし二人台湾籍とわが知らざりき

革命歌合唱しつつ牽かれ行きしとぞ一九五〇年十一月未明

赤狩りの処刑の朝を「銃声の後の静けさ鬼神をもをののかす」

妻と子の知るべく聖書遺書写真己がむくろに巻きてありしか

仆れたる葉盛吉跡を伝へたる楊威理共なりき旧制二高生

五月号

一人の訃電話に聞きて立ちつくす宿運は君を生かしめざりき

工廠を退《ひ》けて帰りくる君ら待つ宮原通り下宿屋の二階

「山谷集」合評にきほひ更くる夜を崖ある街に君ら送りき

手脚萎《な》え車椅子にて来給ひき吾に会はむと広島の宿に

手を執りしつひの別れか昭和十年春より長き交はりにして

共々に若かりき共々に老いゆきて恃みしものを君亡し今は　（菱川博義君）

六月号

百十八歳アルルの老女若き日にゴッホ知れりと外電伝ふ

生きてゴッホに逢ひたる人の今の世に在るも楽しきこの二三日

「人の寿の限り百二十歳」よき人の予《か》ねて言ひしに老女適《かな》ふか

北上川岸の並木のさくら花咲きの盛りの白き下に遊ぶ

落ち合ひて支流のたぎつ中州には楊の枝の萌黄立ついろ

七月号

「今会っても分らんだらうな」五十幾年隔てし君の電話の声は
しばしばも京都より君の電話あり声のみに吾らの過去をつなげて
一年か二年の交はりなりけむをその後の半世紀何のまぼろし
壮《わか》くして楽友会館につどひしか蔦這ふ壁も今に見る如
老いて世に残るは君と吾とのみ過ぎゆきし者ただおぼろにて
（小西邦太郎君）

八月号

飽き易く怒り易きは幼きより或いは肉類を食はざりしゆゑ
肉食《にくじき》せぬわが体質は生き方をなべて消極にしたかも知れぬ

菜食主義といふにあらねど薄き血は吾の思考を支配せるらし

思ひ出づ体操の時間目くらみて校庭のポプラの影に休みし

虚血症のきざしかと思ふ立ち暗み道に石あらば石に凭《よ》るべし

九月号

蒸し暑き篠懸並木の坂みちをうつむき歩む明治大学前

いささかの上りの道も足たゆく古本街に寄ることもなし

発車間際すばやく席を占領すなほ衰へぬわが足ならむ

ネクタイを外して汽車にまどろみぬ仕事終へたる午後の倦怠

今日何に思ひ出でたるわが書架の一隅に置く資本論など

十月号

いつしかに秋となりたるこの夕べ無花果の実を一人食ひをり

木の物は即ち果物の語源にて無花果も枇杷も南のくだもの

無花果も枇杷も食ひたりこの秋はわがふるさとの松茸を待つ

わが窓に近き仙山線の踏切を白き車体の幾たびか過ぐ

電車通過の音待つごとく坐りをりなべて虚脱の心理となりて

十一月号

人ひとり逢はざる道を選びたりやや遠き郵便ポストへの道

遠き目に紅蜀葵咲くとわが見しが今朝すでになし紅《あけ》のまぼろし

痰塊を飲み込む勿れといましめて努むる日々を人知らざらむ

異変にて冷夏か秋かさだまらず夜の布団をやや厚くして

山萩を瓶《かめ》にゆたかに溢れしめその散る花を踏みてわが立つ

十二月号

憲吉の門に並びて相共に心かよひき病めば思ほゆ

淳彦も吾もまねびき書店勤務の君のいとまにしばしば行きて

「ホイチ」とひそかに呼びて親しみき或る時は畏れき友広保一《やすいち》

西の国古書《こしよ》商ひてゐるとのみ遠く聞きつつ逢はなくも久し

その亡きを知りしは四十日後のこと偲ばむ君の壮《わか》き日の影

「あをば」

一月号

右の耳やや癈《し》ひゆきて新しく迎へむ年に心ととのふ

聞こえぬを聞こゆる如くつくろひて人と語りしことも侘しき

新しき年にわが待つもの何ぞ書くべき原稿と旅二つ三つ

浜ゆふの鉢ながら部屋に取り込まむみちのくの雪近きを知れば

冬の蜜柑食ひつつひとり怠けをり暖房の音ひびく部屋にて

低血にわが脚冷ゆる宵々を老いのしるしと嘆くともなし

二月号

その甘み乏《とも》しけれども味よしと送りくれたり静岡の蜜柑

九州の又瀬戸内のたまものに蜜柑はあれどさらに静岡

みちのくの林檎送りし返しには蜜柑のみならず広島菜漬

姉妹都市三門峡に林檎の木移植せしとぞ苗三百本

岩手県北上市よりみちのくの林檎を大陸の土に植ゑたり

中国の果実しなびて小さきを大き林檎成れば人ら驚かむ

日本の林檎に適《ふさ》ふ土ならば赤き林檎のゆたに成るべし

三月号

さだめなき空より今日の降る雪のしづくとなりぬ葉より幹より

幹づたふ雫のくろき跡見つつことしの雪の名残とおもふ

濡れし幹早く乾きてわが向ふ槻の林の春となるらし

下駄はきて歩むは郵便ポストまで外出づる日の稀れとなりつつ

帰り来て常に和服に替ふること長き習ひのいつよりならむ

四月号

堅香子《かたかご》の花咲く沢を行きて見ず年どしにしてわが恋ふるもの
馬酔木《あしび》の花ややつぼみたる花房の揺るるを見れば春近からむ
沈丁花《ぢんちやうげ》の花の香にさへ嘆きたる日の返るなしとはに返らず
枝々のなだるる如く咲くといふ滝桜《たきざくら》見む吾の祈言《ねぎごと》
空木《うつぎ》の花咲くをたのみて過ぐる日々やうやく春を待たむ心か
山茶花《さざんくわ》の八重咲く色のくれなゐぞ土に散りしを朝なさな見る
わが垣に連翹《れんげう》の咲く日を待たむわが出で入りの常の慰《なぐさ》に

五月号

雪残る南蔵王のあざやかに桃咲く国をみなみに向ふ
山の峡《かひ》入りゆく道に桑畑のまじるも親しふるさとに似て

三春駒商ふデコ屋敷めぐり行き連翹の咲く径《みち》に出でたり

山の隈《くま》桃の花咲く一ところ過ぎゆきて遠し三春滝桜

春寒く気候おくれし山の中滝ざくらいまだ花の乏《とも》しき

幹太き滝ざくらをわが仰ぐのみ蕾の淡《あは》き枝に手ふれて

高きよりしだれて枝の揺るるさま花の盛りの時思はしむ

七月号

中国の旅順を訪はむ人あれば生まれし月見町の跡を伝へぬ

うつつにはさだかならざる月見町生まれし跡といへばなつかし

工科学堂近かりしと思ふわが記憶蒲の穂生ふる沼もありしか

蒲の穂を手に折り持ちて遊びたる遠き思ひ出の断片あはれ

網張りて鶫を狩りし幼き日おぼろなれども折り折り思ふ
黍畑に夜となれば影絵芝居ありき暗きが中に揺るる蠟の灯
博物館の地下に木乃伊《みいら》を見しことも意識の中の滓《おり》のごとくに

八月号

二階よりわが見るものの庭の花アカンサス紫陽花檜扇その他
紫陽花の梅雨にぬれたる珠の花年どしにしておのづから咲く
紫陽花を梅雨の花といふ永井荷風の随筆にわが読みて知りしか
ひえびえと梅雨の雨ふる曇り空雲厚くしてひねもす暗し
エゴノキの小さき垂り実一つ置く梅雨のけ寒き夜の卓の上
梅雨冷えに疼《うづ》くが如き腰椎症堪へつつ妻は夏を迎へむ

痒《かゆ》ければ掻きて目覚むる梅雨の夜身の衰へをひとり知るのみ

九月号

この坂の臭木《くさぎ》の花の咲くころか感傷はつねに花にまつはる
長き雨期ことしの夏の過ぎゆきて浜木綿の白き花一つ見ず
街ゆきて上り下りする階段に足弱れるをひとり知るのみ
よろめきて石を踏みゆくわが歩み弱れる足は人には言はず
外出《そとで》せぬ日々のつづけば剃刀を使ふことなし髭伸ぶるまま
学徒出陣五十周年といふこゝに生きて今在る吾とぞ思ふ
「生き残り」「死におくれ」とぞ責むる如《ごと》兵に行かざりし吾の残年

十月号

高きビル窓々早く灯《とも》りたり雨もよひ深き今日の曇りに

わが部屋の窓の硝子を拭《ぬぐ》はむと日々思ひつついまだ拭はず

汚れたる窓といへども硝子より透《す》きつつ見ゆる空と雲と鳥

庭師来て刈りたる跡のしどろなる花々の茎を束《たば》ね上げたり

わが行きに姫神山と岩手山かへり見たるを喜びとせむ

渋民と好摩を過ぎてすずろなる吾の思ひぞ啄木の里

くれなゐと白と山萩咲き紛《まが》ひこの沿線のすでに秋なり

十一月号

梅雨長く夏知らざるに秋となり早き冷気は国土を蔽ふ

地震あり津波あり台風過ぎゆきて人の命をたはやすく断つ

着物きて腕寒くゐる九月末ことしの冷害をしきりに伝ふ

秋分の九月二十三日寒き曇り十一月ごろの低温といふ

気象異変その本づくはエルニーニョただに一国のことのみならじ

ゼネコンの疑惑の国に生きをれば日々のニュースに暗きかげあり

権力の二重闘争に明け暮るるロシヤは嘗ての大国ならず

十二月号

梅雨空の曇りより差す微光あり草がくり行く流れを照らす

梅雨寒《つゆざむ》に脚の冷ゆるをやうやくに到りし老いと諾《うべな》ふべしや

わが心たゆたふ如く明け暮れて今朝見る花の曼珠沙華《まんじゆしやげ》一群

わが待つにことし後《おく》るる白花の曼珠沙華一つ赤きが中に

晩秋のしぐれに濡れし径《みち》ゆきてわが手に触るるミズキの紅葉

灰色の空より今日の降るしぐれ苑《その》の木草のもみぢ冴えたり

旧陸軍の跡と伝ふる一棟をめぐる径ありもみぢの雨に

新しい空間（「河北新報」新春詠）

雲晴れてたちまち朝の光さす茜あたらし空の一角

散り果てし槻の木末に青々となほ残る葉のそよぐ折り折り

灰色の空にまじりて灰色の煙なびくを傍観したり

仰ぎたる冬の茂りの黒くして運命のごとし人の世の上に

「ほめ殺し」の新語一つを生ましめて新しき年に何を待つべき

少年の日の回想（「短歌現代」一月号）

川に溺れ潮に引かれしなづさひの忘れえぬものかの日より今に　Ⅰ

川といへど潮《うしほ》の下《くだ》りはげしきに引く潮は吾を逃さしめざり

力尽きむ潮の流れに堪へ堪へき少年のわが一つたましひ

意識下の何によみがへる老いてなほ少年の日の水の苦しみ

岸にたどり止まざりし胸の動悸さへ今のうつつに聞こゆる如し

故もなく田の畔《くろ》に吾を組み伏せき小学同級生の一人が　Ⅱ

衝動の赴くままに吾に従ひ或る時は吾をしりぞけむとす

魚屋に養はれたる少年と知るのみ教室に出づることなし

自らを不死身と誇り喧嘩早く同級生を近寄らしめず

手の下にひしぎ倒されし悔しみの老いてなほわが心を去らず

冬の蔓（「歌壇」二月号）

festina lente 書簡の封に銘として書き給ひし田中秀央先生

たはやすく路上に足の躓くは老いのしるしぞゆっくり《ゆつくり》いそげ

街行きて躓かざりし故由《ゆゑよし》を運命のごとくひとり思はむ

右と左足の踏み方異なると読みてよりわが歩みわづらふ

足衰へ次ぎて口疎くなる例をこの友に見て諾ふべしや

歩きつつ口ずさみゐし言《こと》一つ思ひ出でねば寝てあきらめむ

足病むと耳遠きと二人侘びて住む京の伏見のしぐるる頃か

君よりのけふの伝言《つてごと》「こんなうまい林檎食うたの初めてぢや」

煉瓦鋪《し》く坂を踏みつつ下りゆくに翳あり深き木立の繁み

冬の雨露台に屋根に降る見ればこよひの空気なごやかにして
街なかの小公園の冬木なす槻群に向きてわが窓がある
ひねもすを窓にわが見て動くもの枯草むらに小禽ら潜む
犬死ねば行くこともなき藪の道冬の蔓のびて紅実《あけみ》をつづる
小公園といへど遊べる人を見ず草のおどろに径を絶ちたる
渋民の北べに扇畑とふ部落あり蝦夷の首長の跡どころこれ
蝦夷のかしら囚へられ西に送られて佐伯部となりきあはれ古き代
俘囚にてみかどを守り塞《さへ》ぎたる佐伯部の或いは裔かと思ふ
縄文の古きしるしを明《あき》らめて亡びし命申しはやさね
続日本紀多賀城に仆れし家持を「死」としるしたりすでに罪びと

蝦夷のアテルイ西に果てしをみちのくに死にけむ家持の跡にわが住む

街ゆきて（「短歌研究」五月号）

照る土と翳れる土と交々に足に踏みゆく今日のつれづれ

樅の木に冬の光のこもる道行きゆきて今朝の心和《な》ぎなむ

街ゆきて慰むとにもあらざらむ地下鉄に乗り地下鉄に帰る

黒き木立にまじりて歩むうつし身のただよふ如し老いの寂しさ

眼薬を一つもらひて帰らむに冬の雨ふる街となりたり

わが身より外さむ一つのみならず眼鏡を架けずなりしことさへ

時逝きて隔《へな》りしものをモノクロの抵抗《レジスタンス》映画見つつたかぶる

仙山線往反（「短歌」八月号）

乗り行かむ北仙台駅よりわが家見ゆ槻の林のはづれの屋根ぞ

青き峡つらぬき走るローカル線作並に山寺に停まるしたしさ

愛子《あやし》といふ小さき駅あり往き反り常思へども途中下車せず

山寺の茶店に味噌こんにやく食らふべし峯高ければ昇りも行かず

新しく曾良を副《そ》へたる芭蕉の像その造型を吾は好まず

淡緑の色に萌えたる山襞にまじる山ざくらの花のひそけさ

山の間の狭きにかたむく林檎畑枝毎に白く花を綴れる

家毎に蘇枋の花とリラの花高く掲げて真昼しづけし

胡桃の木垂り花青く揺れながらわが行く道の上をさへぎる

みちのくの五月の峡の新緑《にひみどり》みづみづし茂吉生《あ》れし日近く

「死にたまふ母」の季節といふべしも翁草咲けりをだまきも亦

正目《まさめ》にてわが知る茂吉昭和六年学生の日より敗戦ののちも

橋わたる酢川の水の赤にごり水上《みなかみ》に朝の雨過ぎにけむ

みどり照る山並の上とどろきて渡る春雷にひとり目ざめつ

霧の香（「短歌研究」九月号）　第二十九回短歌研究賞受賞後第一回作品

ニコライ二世国葬の記事を伝へ来ぬかの国の革命も虚妄なりしや

怖れつつなほ恃《たの》みゐし一つ思想わが生ける世に崩るる見たり

国の名のロシヤに移りゆく機構糧《かて》求めつつ人群るるとふ

革命前の小説にしたしみし旧ロシヤ解放のロシヤと比《たぐ》ふべからず

テレビにて古き映画に遇ひ得たりわが青春のバスター・キートン

場末なる活動写真館に笑はざるキートンをわが友としたりき

卒業して中学の制服ぬぎし日に見たりディートリッヒ「救ひを求むる人々《サルベーション・ハンターズ》」

物の香のこもる場末館にたかぶりき前衛映画「生きてゐるモレア」

冬過ぎて一隊のピオニール行進すソ連記録映画「春」の一場面《ワンカット》

アカシヤの花の香馬車の蹄の音幼く生ひ立ちし旅順おもほゆ

父母と在りし月見町より工科学堂に向ふ道べの沼の蒲の穂

若き父吾を馬に乗せ露垂るる林檎採らしめき果樹園にして

日露役の跡ともしるく小学の遠足に拾ひき軍帽兵士の骨片など

鉄錆びし東鶏山の砲塁をくぐり遊びき戦ひを知らず

博物館の暗き地下室に紗《さ》のカーテン引きてわが見き木乃伊《みいら》幾体

黄ばみたる写真の如くすでにおぼろ木乃伊と剝製の駱駝一匹と
この写真に見ゆる赤煉瓦の町並みのいづくわが生れ父を喪《うしな》ひし
煉瓦造りの家と煉瓦塀つづく通り写真はあれど記憶返らず
夜の霧に窓鎖《とざ》しつつ思ひ出づるいくばくあれど象《かたち》成さざる
吾の立つめぐりの闇にせまりつつ追憶のごとし夜の霧の香
黒々と茂れる森に向ふとき吾に聞こゆる霧の香ぞこれ
槻の木の木末づたひに移りゆく霧あり霧の中に吾あり
日の差せば葉ざくらの影しるくして低き枝々の下くぐり行く
葉ざくらの影立つ坂を下りゆけばおのづから通ふ地下鉄入口
雨止みてわづかに残る庭たづみ覆へる槻の茂り映さず

庭たづみに水のむ小鳥待つとにもあらず折々窓あけて見る

うつし身に覚ゆるまでに梅雨冷えて畳あるくに靴下を穿《は》く

梅雨の宵冷ゆるわが脚保つべく古き電気ストーブ点《と》もす

ワイン工房にワインを飲みて楽しめば暖簾《のれん》の店に鰊そば食ふ

かの丘に咲ける栗の花わが電車近づきゆきて忽ちに過ぐ

北上川に沿ひゆく森の幾ところけぶらふ梅雨に栗の花咲く

棕梠の花しどろに長《た》けてひそかなるこの界隈を吾は好めり

花房の黄に明るめる棕梠の木に少年の日の返るかなしみ

ことしおそき郭公の声聞きとめぬ聴力ののこる左の耳に

花梗幾つ立ちていきほふアカンサス稀れにことしの花多くして

梅雨にぬれ咲き昇りゆくアカンサスみどりの照り葉重ねたる上

筑紫なる匂ふ枇杷の実みづみづと滴《したた》るものを夜ごとに食らふ

天《あま》つ路《ぢ》を運ばれて来し南国の枇杷のつぶら実灯の下に置く

腰椎症苦しむ妻の起き臥しに春より夏の移ろひ早き

丘沿ひの妻の病室より芝の照るゴルフ練習場まなかひにして

梅雨なればつのる痛みを訴へて骨の牽引に妻の出でゆく

残生を数《よ》みてわが知るものならず逝く者を多く逝かしめながら

本読まぬ日々を安しと思ふべく全集のたぐひつとめて買はず

怠りて易きに就かむ心かな梅雨寒ければ寒しと言ひて

わが生の限りおほよそ見定めて夜ごとテレビの野球に向ふ

過ぎしもの追はず新しき求めざりされどわが老い静かならざる

なほ残る光の如きものあれば足弱れどもわが立たむとす

空想も狭き範囲にくぐまれば吾を天外に拉《らつ》することなし

知らざるを知らぬと言ひてためらはぬ友なりき思ふいづち行きけむ

ヒステリー気味の喚《よ》ぶ声聞こゆれど吾は痒《かゆ》きをひたすらに掻く

栗駒山麓（「読売新聞」十月二十二日夕刊）

木群《こむら》毎色異なりてもみぢせり栗駒山の裾に沿ふ道

峠路に漆の紅《あけ》のきはまればことしの晩《おそ》き秋や到らむ

縄文期沼たりし田に掘られけむ丸木舟一つ黒く朽ちたる

国ざかひ山のはざまに御番所を今に遺せり花山村は

秋田路に通はむ峠さへぎりて四脚門きびし御番所立てり

駈落ちの男をみなを裁きたる栃の木かげの検断所址《あと》

遠空にもみぢの映《は》ゆる山を見て峠の宿に山女《やまめ》を食らふ

群山歌会

四月歌会

ゆたかなる馬酔木の花に来て立てり慰さまざりし週末の午後

五月歌会

セーヌ川に沿ふマラソンの中継にマロニエの花の盛りを伝ふ

斎藤茂吉追慕歌集（第十九集）

時疾し四十年は過ぎにきと寒かりしみ葬《はふ》りの日を思ひ出づ

明治記念綜合歌会

週末の昼たけぬれば歩み来て房花垂るる馬酔木に対す

平成六年（一九九四年）

「群山」　一月号

やや暗き光の中に逢ひ得たり亡き人のこころ遺る筆の跡

さながらの肉筆に声聞くごとしアララギの歌稿多く並ぶる

「逆白波」茂吉自筆の原稿を硝子へだててしばし見てをり

縋るものなきまま歌を作りきて久しくなりぬなほつづくのか

サッカーの映像にしばし昂奮す仕事の締切り明日にのばして

新しきを祝はむ吾に何もなしただ「群山」の巻一つ加ふ

二月号

考へず読まず書かざる数時間この空白ぞ天のたまもの

気の進まぬ仕事をあとに延ばす癖健康法の一つとも思ふ
外出はなべて地下鉄沿線かわがのぞく書店二三軒のみ
わが部屋の硝子の窓をへだつれど雪の前と思ふ雲暗くして
わが父と母の忌の日の十二月遠ざかるものはただにおぼろに
ゆゑもなく世界地図など読む日々の白夜《びやくや》の国を思ふあくがれ

三月号

召集の吾を不合格とせし軍医すでに遥かなりその名を知らず
吾一人即日帰郷告げられて暗き営門を帰りゆきし日
その部隊銃なければ竹槍担ぎゆき中支にて忽ち全滅といふ
戦はず遁れし如く生きのびてここに在る命をひとりあやしむ

戦争を知ると知らざると世代の差しきりに思ふ思ひて何せむ

四月号

きさらぎの風に竹林そよぎをり日当る幹の青くきやかに

谷の間の朱塗りの橋を見下ろして落葉湿れる径下りゆく

なほ上る人らを吾は行かしめて廃れし橋にしばし佇む

凍りたる池一つあり谷の間の低き常蔭《とかげ》は人入れしめず

はつかなる梅の蕾のこまやかにやうやく土手の雪とけむとす

わが帽をあふる冬の風ひえびえと雪溶けしるき坂の草踏む

五月号

夢を追ふことも愚かに現実の苦楽さながら夢の中にあり

夜毎見る夢さへ夜毎異なれり未生《みしやう》以前の夢ならなくに
虚血にて自らを失ひしことあれど臨死体験といふべくもなし
妹も弟のこゑも聞かざらむ半世紀前すでに亡き二人
戦前の共に在りし日偲ばむに残れるこれのうつしゑ一つ

六月号

わづかなる配給の赤米《あかごめ》貪りき民を飢ゑしめし戦ひの日々
赤米はすなはち西貢《サイゴン》米草まぜて糅《かて》とせし日の思ひ出づるよ
物絶えし戦争末期みちのくの豊《とよ》の白飯《しらいひ》に命やしなひき
みちのくは純《もはら》の米の白かりきしかもまされる配給の量
戦ひの日に似ざれども凶作は闇米の列に人並ばしむ

七月号

松植ゑて墳《つか》一つあり一遍の祖父みちのくに命果てつる

水軍の将たりし河野道信《みちのぶ》は伊予の国より遊行《ゆぎやう》して死す

杖ひきて一遍上人みちのくに辿り着きたり祖父のみ墓べ

平泉より古き極楽址といふ山かたつきて薬草を植う

旧道は草生ひ茂り山の間にかくろふごとく跡をとどめず

おしなべて花過ぎにける片栗の群落谷になだるるごとし

八月号

伊香保より渋川へ下る山のみち五十年前の記憶はなしに

戦ひを疑はざりけむ学徒らと共にいそしみき渋川工場

戦ひの日の動員に空襲を避けて伊香保の湯を宿とし き
赤濁る湯にひとり居り夜につづき朝早く浴みて思ひ出の中
夜もすがら降りたる梅雨の雨晴れて伊香保の峯に霧のぼりゆく

九月号

アラン島の岩の渚を映像に見つつし思ふあくがれの如
シングの旅行記に読みてわが知りし島ぞとこしへの幻をなす
年どしに衰ふる足と思へども若者にまじり階段のぼる
夏の海泳がずなりて幾年か手さへ脚さへ堪へざらむもの
夜光虫を波に乱して泳ぎたる島の夜の海も遠き思ひ出

十月号

職を得て行くべかりける南の佐賀時過ぐれば五十幾年の前

佐賀を代へ仙台に行けと命《めい》ありき北へいざなはむ黙示のごとく

国破れ混迷の世なりき北の国に移りし吾を今にとどめき

北の国の人となりてより半世紀みづから蝦夷の末裔といふ

帰るべき境もなしにみちのくの訛りになじみやうやく老いぬ

十一月号

峡の町秋の茂りの小暗きにくれなゐ冴ゆる鶏頭の花

この白き家をめぐれる森の上立つ朝靄のしばしたゆたふ

秋の日の光澄みたる道の果て城あとの丘暗緑の森

森のかげ色鎮まれる沼一つ吾の行くべき道白くして

雲多き空といへども森に差す秋の光をすがしく思ふ

川二つ相合ふところ中州あり水門閉ざす葦生ふる中

十二月

高原の夜霧の中をのぼり来ぬ山荘白く一つ灯れる

高原の木立の中に宿りしが窓に夜明けの光ただ差す

山並の上にたなびく横雲をくぐりて昇る太陽見たり

風の音ここにとどかぬ窓の内見えつつ白く乱るる薄

紅葉にいくばく早き高原の径《みち》あり谷地《やち》の沼に通はむ

山荘の下になだるる深谷のブナ原生林見つつ飯食ふ

「あをば」

一月号

日の光いまだ及ばぬ空と海ただ淡々《あはあは》と一いろの青

溶明のごとく明るむ空と海十階の窓にしばし見下ろす

青き屋根青き海あり見下ろして空より向ふ一時間余り

ややややに日の昇りたる港町雪来る前の冬しづかなる

まぼろしの函館行きの連絡船桟橋も銅鑼《ドラ》も親しかりしか

港の上菩提樹茂る丘あれど今日の予定に訪ふべくもなし

この街に知る人あれど逢はずして帰りか行かむ旅びとなれば

二月号

この秋を故里に帰らざりしこと心の悔いとなりて年果つ

故里に家残れども人住まず庭も墓山も草荒れにけむ

小学時代天井裏の部屋暗く本読みし日もありありとして

わが家の裏に崖築《つ》きし旧家ありき早く亡びて跡かたもなし

その家の如くにわが家も亡びむか吾はみちのくに遠く住みつつ

わが家のたわわの柿をもぎたりき裏山分けて松茸も採りき

山峡の過疎の村といへ貫きて高速道を敷きたりといふ

三月号

衰へし狸といへど今宵わが眼前《まなかひ》にあり稀れ人のごと

与へたる餌《ゑ》をむさぼりてたぢろがず人間の吾にただに向ひて

硝子戸をへだてて狸と対面す幻のごとく影のごときもの

毛の抜けて痩せし狸よ食ひ終へてたどたどと裏の笹にかくれぬ

吾も見つ人にも告げむいづこより来りし狸いづくへか去る

雪の夜をいづくさまよふ影かとも行きずりにわが会ひたる狸

さらぼひて昨夜《よべ》辿り来し狸一疋今日ふる雪に再びは見ず

四月号

まんさくも咲かず馬酔木《あしび》も蕾まざり放射冷却のしるしならむか

年どしのことながら足冷ゆるまで寒き夜々《よよ》あり身をかがめ寝て

布団重ね足ぬくめむと努むるを浅き眠りにしばしば目覚む

しばだたく眼《まなこ》の疲れ聞きがたき耳のわづらひわが老い至る

肉体のやうやく滅びゆかむときわが魂のかがやきぞあれ

命ある限り何せむ思ふことある如くまたなき如くにて
年を重ね生きたることもかへりみてたどきもあらず茫々の生《せい》

五月号

生まれしより小学三年まで住みたりし記憶はあらずこれの写真に
この写真の赤煉瓦の家わが記憶さだかならざり七十数年前
父と母とおとうとと住みし家の跡大正初期の租借地旅順
関東州旅順新市街月見町赤煉瓦造りの家と知るのみ
この写真の扉の前に少年の吾を立たしめ偲ばむとする
軍港の旅順は日本人に鎖《とざ》されぬ思ふは遠き他界のごとく
父の骨携へて母とおとうとと海渡り帰りき遥かなる過去

七月号

出で入りの門《かど》にしたしむ連翹のさかりの花の黄なるかがよひ

木蓮の白花すでに散り尽くしその周辺の連翹のはな

チューリップの花とりどりに球根を埋《うづ》めたる位置さながらに咲く

晩春のある日寒さの返りしを電気ストーブ点《とも》してこもる

関《かか》はりて昭和二十三年よりの日々六百号はわが生《せい》と共に

「あをば」あり歌のゆかりに相会ひて又別れゆきし人いくばくぞ

構内にありし六角塔をまぼろしに遠き歴史のごとく思ほゆ

八月号

待ち待ちしアカンサスの花梗《かこう》しるくして咲き昇りつつややに色づく

わが家のアカンサスの祖《おや》と思ほゆれギリシャの跡に行きて見しもの

コリントスの円柱崩れし陰にしてアカンサス咲くは神話のごとし

丘の上のアクロポリスを近く見て宿りしギリシャの霧の夜おもふ

わが庭の紫陽花ことし咲かざるは何のしるしぞ梅雨半ばなる

わが咳の収まらずして夏となるややに衰ふるうつし身ならむ

布団たたみ押入れに上ぐる労働もささやかといへど老いの役《やく》とす

九月号

この沢の掘りし瓦にヘラ書きの鋭かりけり「天平《てんぴやう》」の文字

漆紙文書《うるしがみもんじよ》に残る「王敬」の二文字すなはち陸奥守《むつのかみ》百済王《くだらおう》敬福《きようふく》

この山に採りし砂金を献上せし敬福は百済の王の裔《すゑ》とぞ

みちのくの砂金を東大寺大仏に塗りし聖武帝の本願あはれ

産金の遺跡あらはす町起こし涌谷《わくや》の里の天平ろまん館

「みちのく山にくがね花さく」と家持《やかもち》の詠みし万葉北限の跡

吾れ見ても久しくなりぬ式内社《しきないしや》黄金山《こがねやま》神社の馬酔木《あしび》一もと

十月号

照り翳《かげ》り雲多くして秋となる空を見てをりガラス戸の中

きのふ今日秋づきしと思ふ日の光わが向ふビルの白壁にさす

雷鳴りて夜の雨たちまち過ぎゆきぬことしの雨の乏《とも》しき嘆き

稲作のことしの稔り豊けきになほ憂ふなり田の干割《ひ》るるを

米余れば輸入のタイ米捨つるらし国の政策おぼつかなきに

物置きの建て替へに掘りて移したる椿一もと命たもつや

その妻の肺癌の苦しみ告げて来し友の手紙を卓上におく

十一月号

波の上の大き落日を見つつ越ゆ台風の前の対馬海峡

玄界灘の波のしぶきを船室の窓にさへぎり夜の海ゆく

近づかむ台風二十六号か揺るるがままに船室の中

松原の中のホテルに宿りしが朝の目に見る窓の外の波

雨と風さわだつ道をめぐりつつ領布振山《ひれふり》に今日は登らず

玉島川いにしへの松浦川《まつら》といへ七瀬の淀を訪ふこともなし

鎮懐の石を祀れる宮ありて雨にぬれたる石段のぼる

十二月号

奥羽山系はざまの村にいで湯あり洞窟の奥に湧く露天風呂
洞窟をくぐりて露天の風呂あれば衣《ころも》ぬぎ捨て人ら入りゆく
岩走る白き滝水けぶりつつ流れゆく湯に手をひたしたり
一山《ひとやま》のなだりの紅葉明るめりこの湯の里に夕日さすとき
晩秋のひと日紅葉を仰ぎたる夏油《げとう》湯泉を夕べ去るべし
湯田駅はさながら浴場を営めり電車を降りて湯を浴《(ママ)》む人ら
湯泉の宿に茸《きのこ》の皿多しきのこは山の秋思はしむ

菜心居雑詠（「河北新報」一月一日）

あたらしき年を招かむ標《しるべ》とも野のはて遠き一つ光りは

残る世《よ》を単純にせむわが望み読まず怒らずただ眠るのみ

地下鉄の階段多く踏みゆくに頼むべき老いの杖を用ひず

槻の木の影立つ園に人あらず折り折り草をくぐる小禽《ことり》ら

咲かざりし浜木綿の鉢冬の炉に囲ひて待たむしろたへの花

桜三首（「短歌四季」春号）

さびさびと岬の道にまじりたる山桜の花吾は忘れず

暗々《くらぐら》とおほへるしだれ桜ありここの墓場の花冷えのころ

淡みどりの花咲く桜影のごとそよぎつつあり古墳の丘に

きさらぎの風（「短歌新聞」四月号）

街の中茂りか黒き森ありて木がくれの径吾をみちびく

森のみち吾を寄らしむる石一つそこ過ぎて深く入りしことなし

風の音絶えたる森のくらき闇何の木魂か一つ聞こゆる

少女像ありといへども見過ぐして吾のめぐるは池沿ひの径

鳥が音も聞かば聞くべきしづけさに今日の歩みを返さむとする

きさらぎの森吹く風は白樫の幹に触りつつ葉をゆるがさず

きさらぎをわが誕生の月として老ゆればすでに言ほぎもせず

二月某日わが生まれし旅順新市街行くべきもなき異邦となりぬ

要塞地帯旅順は日本人を入れしめず煉瓦造りのわが家いかにぞ

許されて大連より旅順に入りし人つぶさに家の跡たづね給ひき

わが家の跡尋めて写真とりまくりし人警察に連行されぬ

役人の息子の吾を背に負ひし満洲の少女いま在りやなし

下駄スケート穿きて滑りき運動神経にぶきは小学生の頃より

星月夜の野をまぼろしに思ひ出づ燭の火ともしし影絵芝居を

網張りて鶉を狩りし昂ぶりよそのあと先の記憶もあらず

そぞろごと（「短歌研究」五月号）

左の目右の耳ややに癈《し》ひゆくと衰ふるものおのづからなる

きれぎれの夢もたやすく忘れつつ老いの眠りの浅くなりたり

よろぼひてわが目の前をよぎりたる狸のことも話題としたり

戦ひに銃持たざりし己が手のただに清らといふにもあらず

老いの手をみづから目守《まも》ることあれど運命線を読みしことなし

世に人に向けむ怒りをわがすれど己れの上にはや拘《かか》はらず

この部屋に取り込みし鉢の浜ゆふと吾とやうやく一冬を越ゆ

上毛紀行（「短歌」九月号）

暑からぬ曇りの下をめぐりゆく保渡田《ほどた》の村の麦秋のとき

物ありて心の残ることわりに柿の木を仰ぐ君の生家跡

六角の石にしるしし筆の跡君がうからの六人のみ名

獄死せし祖父蟹中毒死の弟のみ名もつばらに君の手にしるす

西光寺の銀杏の下をよぎりたり君幼く伯母の櫛投げ捨てし

伯父の家井出の部落を指さしぬ筆名井出説太郎のいはれ

井出の道高崎の中学に通ひけむ徒歩の君の跡踏むここちする

一族の遺伝の末のみづからをあばき歌ひき自虐のごとく
赤城山子持山見えぬ梅雨ぐもり上毛《かみつけ》の国の柘榴咲くみち
さびれたる村の家低き路の隈立葵の花遠くより見ゆ
文字深く刻みし君の歌碑の前一もと立てりアカンサスの花
川戸の家君と宿りしこの部屋に今日来れば君亡く吾は老いたり
かの日より五十年早き時の行き変らぬもの一つ泉の水は
水辛子浸されてある泉の底沢蟹も共にすくひ上げたり

比企の谷にて（「短歌現代」十月号）

上《かみ》つ毛《け》の空のくもりは梅雨にして馬鈴薯の花白々そよぐ
五十年前のかの日に見さけたる子持山見ず梅雨更けの空

柘榴咲く井出の部落もよぎりたり君の生まれし国をたふとみ

上つ毛より武蔵の国に入らむとす夾竹桃咲く道を岐《わか》れて

国越えて君の故里よりたどりつつ弔はむ比企の鎮まりどころ

多羅葉の繁りの翳《かげ》も去りがたし君の定めしおくつきなれば

世の常の信を拒みし人といへ比企の谷間にとはに鎮まる

妻ぎみとみ子と伴《とも》なれば石に刻み名を並べたり三つの俗の名

墓石に手を触り花を供へたりかかる手向《たむ》けも旅遠く来て

激しかりし君のことばを幻にうつし身ならぬ石の前に立つ

乱れつつ夏草荒き路ゆきて仙覚を讃ふる石に近づく

仙覚の残しし万葉の注釈を比企にして思ふおろそかならず

仙覚を知りしは学生の頃なりきいま来たり立つその足の跡

「北海道アララギ」七月号

創成川のほとりに君を訪ひゆきし雪の日遠くその人も亡き

札幌にアカンサスの花咲かしめて君あり多くよき友ら住む

釧路より網走の旅にまねびたるピリカの唄を今に忘れず

序歌

歌集『続山のをりをり』（梅津勇三）

君の歌に君の職場を知れるのみ健かにしてつとめ給へよ

山行けば岩場も高山植物も生き生きとせり君の歌の中

この歌集君の独りのものならず影のごと添ふ亡き人のみ魂

歌集『合歓の花』（彦坂京）

まごころをさながらにして草や木やまた人の世を君は詠みたり

思ひ出の旅順につながる君の歌したしかりけりわが住みし国

群山歌会

新年歌会

怠りて年越えたれば新しき日々のつとめと賀状書き足す

六月歌会

おのづから極楽寺址に通ふみち峡にまじりて山ざくら咲く

斎藤茂吉追慕歌集（第二十集）

たまはりし花梨《かりん》の実一つ匂ひたる大石田の夜を吾は忘れず

遠ざかる一つの影と思ふまで君の葬《はふ》りより四十年過ぎぬ

明治記念綜合歌会

放射冷却のしるしと思ふわが庭の馬酔木にことし花房を見ず

大伴家持記念のつどい歌会（第十八回）

壱岐の島に烽火台の址もわが見たりここに防人と家持を思ふ

平成七年（一九九五年）

「群山」

一月号

わが見ても久しくなりし玉虫厨子その玉虫の遠世《とほよ》の微光

スポットライト当てて見しむる玉虫の羽根の緑に近づかむとす

行きに見てまた立ち返る夢違《ゆめちがひ》観音にわが心ぞゆらぐ

海越えて又まみえざらむ勢至菩薩並ぶ三尊を今の正目《まさめ》に

新しきインク瓶一つ買ひて来ぬわが生くる日のささやかにして

二月号

老いたるも若きが上も浸しゆく余波《なごり》のごとし時の移りは

目も耳もおぼろとなりて癈《し》ひゆくか返るべからぬ人の生《よ》のこと

この日ごろ水のむにさへ咳きこむをひとり寂しみ已れあはれむ

わが脚の力をさらにたのむべし衰へゆかむ一つと思へど

わが生くる限りワープロは用ゐずと鉛筆を削り削り書きつぐ

暖房の熱に萎《な》えしか鉢植の浜木綿の葉のしどろとなりぬ

三月号

海青き島の岬のみち行きて今日こそ遇はめ曾良のおくつき

ふるさとの諏訪の墓一つわが知れど海渡り来て壱岐の墓見つ

海峡を越えくる風はわが立てる曾良の墓を吹き椿の実落す

芭蕉より別れて独りの旅なりき還ることなきとはの命か

やや欠けし墓石にわが手置きにけり遠き旅路の島に病みけむ

壱岐の島の岬に一つ石据ゑてつひに還らざりしみ霊しづむる

四月号

はからざる大きまがごと映像は潰《つひ》えし街をあらはならしむ

言かよはぬこの二三日憂ひつつ心に思ふ淡路島の友神戸の友

散りぼへる中より「群山」拾ひしと英文学者君の書簡に読みぬ

崩れたるものの中より手に触れし一冊「群山」なりしと伝ふ

極限の境にありて読む短歌沁み入るごとしと君の告げたる

評論かあらず小説かはたあらず心にかなふは短か歌とぞ

五月号

活断層延びゆくはてをわが知らずその激動の日を待つのみか

いにしへの記録も地震にをののけりつぶさに記す崩れゆくさま

寝室に天井落ちしわざはひを辛《から》く逃れし淡路島の友

石道の段差にひとりつまづくは脚弱れるか目の衰へか

大陸の黄砂降るといふニュースあり心に沁みて新聞に読む

六月号

吾の目におぼろの緑槻の木の萌ゆらむ時を遠く歩まず

工場群崩されてひろき一劃の土あらはにてかげろふの立つ

わが窓に見下ろす空地均《なら》されて高層ビル建つといふを何せむ

移したる椿の一木《ひとき》伸びゆきて朝々花のふゆるくれなゐ

黄楊の木の今年枯れたる葉の色になべての老いの果てを見むとす

おそく寝ておそく起くるを習ひとすわが老残といはばいふべく

七月号

知らざるを知りて何せむたとふれば上九一色《かみくいしき》村といふ地名など
妄信のやからといへど例《たと》へなし毒薬にたやすく人をあやむる
地下鉄にサリン撒きし日東京の朝の地上をわが歩みたり
脳の血は足の運動より来るといふつとめて階段を昇るわが足
くれなゐの椿の花の散りゆけば庭に次ぐべき夏の花見ず

八月号

道に会ひ近づくものを誰れと知る形おぼろにわが目老いたり
目にさらに耳も癈《し》ふればうつつなし定めの命越えて生くるに

人のいのち多く送りし去年今年《こぞことし》おのれのことはみづから知らず

わが足の爪伸びて硬きを剪《き》りてをりかかるしぐさも遊びにあらず

梅雨もよひ道べの沙羅の白々と咲くべくなりてわが心侘ぶ

土に散る沙羅の木の花拾はむと歩み寄りしがつひに拾はず

九月号

暑くなれば暑くなつたと呟いて家出でざらむこの二三日

読むもののはや限られて進む世に従はざるはいたし方なし

外したる腕時計の行方わが知らず来るものがいよいよ来たか

原稿は必ずペンか鉛筆か一生《ひとよ》ワープロに縁なかるべし

毛筆で原稿書きし茂吉先生明治も大正も遠くなりたり

十月号

吾よりも老いたる一人杖ふりて面向《おもむ》く方《かた》へ歩み去りたり

わが階段昇り降りするのみにして衰ふる脚を否むべからず

鉛筆を削るに今に用うる《（ママ）》は刻印のある小刀《こがたな》「肥後守《ひごのかみ》」

少《わか》きより読むべくありし西欧の小説幾篇読まず終へむか

読まむものの数おのづから減りゆけど漫画本など読まむとはせず

みちのくのこの夕凪ぎか汗ばめる身を宵々の湯に沈むべし

十一月号

この夏を耳の内かゆく煩ひき衰ふるもの一つ二つならず

残りたる暑さの中の今朝の風晩秋の空のごとき錯覚

宵々に新しき湯を満たしめて浴むるも人の世のさきはひか

二階よりわが見る世界さへぎりて壁粗々とマンションの建つ

夏枯れし何の木の葉か褐色に垂るるはけだし運命のごと

刈り込みてなほ生々と葉を伸ぶるゆづり葉一木秋の日に照る

十二月号

海凪ぎて今日めぐりゆく磯の径オロシア漂流の石ぶみを読む

漂着のオロシアより十二年後還り来し船乗り儀兵衛多十郎あはれ

島かげに薊の花のまじれるを心したしみ海に下りゆく

曇りたる波に映ろふ島の影松のみどりの色さながらに

しづかなる入江の水に沿ひゆきて切り岸の径に浜菊咲けり

「あをば」

一月号

立秋を過ぎてなほ暑き熱帯夜網戸の風も吾を寝しめず

薊咲く念仏坂をのぼり来てひろらなる秋の耕土見下ろす

緑濃き秋の茂りの下かげにくがね掘りけむいにしへ思ふ

アベリヤの花の白きに降るしぐれ予備校のある街しづかなり

棚倉の秋の茂りのさはやかにこの一ときの心安らふ

峡《かひ》の町鶏頭の花さかりなり秋の光の澄み透りつつ

さやりなき朝の目覚めに思ふこと咳痰《がいたん》をやや少からしめむ

二月号

川沿ひの道より出でて街の上雪淡《あは》きけさの山並みを見つ
街のなか流るる川の中津川わが宿る朝の窓の下ゆく
街空に岩手山見ゆるしたしさよ今年の早き雪はだらなる
岩手山姫神山の峯二つ若き啄木の歌しのばしむ
色さびて建てる赤煉瓦の銀行ぞ明治四十四年より今に営む
二階建てマックス新幹線にわが乗りて宮城岩手の県ざかひ越ゆ
北上川にしばし沿ひゆく新幹線支流の注ぐところも過ぎて

三月号

海越えて吹きくる風か素枯《すが》れたる草乱れ合ふ島丘に立つ
粘板岩重ね葺《ふ》きたる石屋根の小屋あり草のいきれの中に

リアス式溺《おぼ》れ谷深き入り海に秋のうしほの青々と満つ

少年の日に読みし吉田絃二郎はからざりき対馬に立てる文学碑

若くして島の砲兵隊に在りし日の小説「島の秋」の一節

「小鳥の来る日」読み耽《ふけ》りたる思ひ出にその石を撫づ君のいしぶみ

石焼きの魚にもてなす島の宿南より台風の近づくけはひ

四月号

震源は淡路北淡町《ほくたんちょう》野島なりき人麿の詠みし野島の崎ぞ

空襲の日より立ち直りし港町何のまがごとふたたび潰《つひ》ゆ

炎せまる映像に吾をののけり崩れし家の端に立つ人

樟《くす》しげる敏馬《みぬめ》神社をわが知れどいかにかあらむ活断層の跡

求女塚《もとめ》の古墳ありたる長田区をあかときの地震ただに襲ひつ

わが泊《は》てし西宮甲山《かぶとやま》の古き宿その界隈の崖崩れおもふ

寝室の屋根落ちたるに脱れ得て淡路島の友いのち生きたり

五月号

家びとにただされてテレビの音低め夕食のあとたどきなく居り

眼鏡かけしわが若き日を知る人も少なくなりて老いゆかむとす

縁円き眼鏡かけたる若き日を自画像として心に保つ

悔いもなく生きたる過去といはなくに無限の中の一粒の如

地下鉄にサリン噴出のわざわひを聞きつつ東京の巷をあゆむ

何のテロ密室のごとき地下鉄に撒きしサリンに人ら仆れぬ

日帰りに東京より帰る列車にて無差別テロを夕刊に読む

六月号

忽ちに葉ざくらとなりし土手のみちわが行き返る通ひ路にして

黄の花の水仙咲ける斜面ありガラス戸一つへだてて見れば

寝《い》ねてより多く尿《ゆまり》に通ふなり老いのしるしと寂しみながら

七月号

梅雨寒《つゆざむ》に電熱器点《とも》す昨日今日なほわが脚の冷えを覚ゆる

ひもすがら梅雨のあめ降るけ寒さや日照り恋ふるは草木のみならず

坂道に立ち止まり息ととのふる一人《ひとり》の老いを人知るなかれ

車体白き電車二輌の過ぎゆきてただにしづけし青葉の狭間《はざま》

狭間なる扇状地の村むらさきの十二単衣《ひとへ》咲くところも過ぎつ
道のべの沙羅《さら》の木の花白々と咲くべくなりて梅雨もよひ空

八月号

わが視力復《かへ》る日ありや道ゆきてすれ違ふまで面《おもて》見分かず
友の死を弔ひて古き寺に来つ繁り合ふ草に路かくれたる
記憶力衰へざりし友と思ふ戦ひの後の長き交はり
抽《ぬ》き出でて花梗立てたるアカンサス年々《としどし》咲けば年々に待つ
マンションの建ちゆく機械音高し吾のめぐりのひねもすの音
梅雨曇り体ものうく在りふれば原稿一つもてあますらし
雲退《そ》きて光徹るを待つものら梅雨長ければ虫も草木も

九月号

汗を噴く暑さやうやく返り来てわが身おのづから夏に順《したが》ふ

クーラーを吾は好まず部屋の窓小さき一つより風かよはしむ

若き日に病みし脚気にもあらざらむ足のだるきは齢《とし》のせゐとぞ

小豆粥一椀に足るわが昼餉《ひるげ》食欲もやや衰へゆきて

暑き日はほとんど家を出でずして溜れる手紙なづみつつ書く

みちのくの八月の祭にぎはふを年々《としどし》聞けど年々行かず

アカンサスの花梗伸び立つ七本か咲きてののちは癈《すた》るる早し

十月号

この路に臭木《くさぎ》の花の咲くこともことし遅く知る家出でざれば

健かをわが恃《たの》むべく野菜汁妻の作りしを朝夕にのむ
夜おそく眠らむとして水ふくみ正露丸のむことも侘しき
たまものの柿と梨あり一椀の食終へし後のデザートにして
わが食はむものおのづから限られて口の嗜好も淡《あは》くなるらし
夜々のテレビの野球待つのみにことしの夏も過ぎゆかむとす
肉食はねば菜心居と君の名づけたる標《しるし》を随筆集の表題とせむ

十一月号

多賀城は日本のふるさと思はしむこの丘の草踏みてめぐるに
多賀城に立ちて落日に向ひけむ家持をおもふ幻のごと
多賀城の址《あと》に布目《ぬのめ》瓦《がはら》拾ひゆきし戦ひの日を思ふことあり

柿の木の高きに赤く実の映えて多賀城の秋ぞ吾にしたしき
みちのくの古代の砦《とりで》多賀城につどひし兵らいくばくならむ
せめぎ合ひ蝦夷《えぞ》の軍団と戦ひき多賀城をその前線として
北を守る蝦夷の力を思はずや首長アテルイの率《ひき》ゐたるもの

十二月号

照り翳《かげ》る紅葉さやかに秋さびて水の乏しき川一つ見ゆ
高く張る欅の枝を伐り落す音ひびくなり曇り日の午後
枝伐りてあらはとなりし欅ばやし日は照りながら霙降るらし
犬死にて綱曳くこともなくなりし笹むらの径《みち》いたく荒れたり
やはらかに光りつつ過ぐる冬の雲見つつわが居り硝子戸の内

事多く忙しかけりけるひと年と机の前にかへりみ思ふ
屋根ぬれて過ぎししぐれと思ふまで今日しづかなる心を保つ

あたらしき土（「河北新報」一月三日）

幾本か削りて鉛筆を並べたり朝のひかりを待てる机に
新しき年のあたらしき土に立つ若かりし日も老懶《ろうらん》の日も
波青き対馬海峡の落日をそがひにしつつ島渡りゆく
黄《き》の色に咲ける彼岸花道に見て島の岬を下りゆかむとす
島人にほとんど逢はぬ道の上椿の実を踏み烏瓜を摘む

寒き街（「短歌研究」五月号）

眼鏡架けずなりて久しきわがまなこ老いてやうやく濁らむとする

鮮やかな輪郭に月を仰ぐことつひにあらざらむにごる眼に

今よりのち視界おぼろになり行かむ日に幾たびか眼ぐすりをさす

ゆゑ知らず白内障かとおもへども医師の診断を吾はこのまず

わが機能衰ふるはまなこのみならず耳癈ひてテレビの音を高くす

今となつては思ひ直すこともないだらう残生は時の行きのまにまに

亡き人を弔ひて行く寒き街喪の服ながら鰊そば食ふ

寒暖数日（「短歌四季」24号）

年どしの咲く花にして白木蓮わが庭隅をまさやかにせり

昼ながら眠気もよほし夜もすがらテレビの野球中継を見る

寒暖のこもごもなれや咳癒えずことしの早き桜を待たむ

五月みちのく吟（「短歌」七月号）

渡船場《とせんば》たりし片岸最上川の葦に晩春のひかり満ちたり

Ⅰ

今日稀れに無住の寺に人居りて昼の炉に立つ炎のゆらぎ

莫蓙しきて茂吉の昼寝せし跡か塩の沢観音堂の縁《えん》古びたる

もてなしのかき餅もうれし最上川べ芭蕉ら歌仙を巻きしこの家

みちのくの五月の曇り明るきに最上の川の輝きを見ず

天平の礎石に据ゑてやしろあり「くがね花咲く」跡どころこれ

Ⅱ

いにしへの砂金を採りし川の跡浜なす咲ける谷のはざまに

多羅葉《たらよう》の葉を採りて文字刻みたり黒くにじむは楔形《せつけい》のごと

漆紙《うるしがみ》の断片拡大して見しむるは百済王敬福の「王敬」の二字

朝の日のをどる光にうごく波北上川遠くうねり来るもの

白樺の並み立つ道に沿ふ水田へだてて高村山荘あり

かぐはしく緑の匂ふ風の中一つ郭公のこゑを聞きとむ

芝の上にひるがへり狂ふ鬼剣舞《おにけんばい》縄文の世を思はしめつつ

足踏みて悪霊を払ふまじなひの反閇《へんばい》に仮面の鬼高く跳ぶ

暗緑の谷 （「短歌往来」十月号）

連翹散り木蓮の花過ぎゆけばさわがしからず庭の一角

馬酔木にはことしの保つ花久し二階より見下ろす狭きわが視野

日照の時間乏しき梅雨といへ繁りにしげるゆづり葉ひと木

吾の目と耳とさながら衰へてうつし身一軀ちぢまりゆくか

わが古きノート探すと洞窟のごとく小暗き書庫にくぐりぬ

地下鉄の一駅のみに下りゆきて新刊の書をもとめむとする

二輌のみの白き電車の行きしあと音なかりけり暗緑の谷

序歌

歌集『多賀の柵庭』（安倍辰夫）

たをやかにされど直《すぐ》なるその叙情君の心のさながらにして

妻ぎみと弟を偲ぶ切実の思ひぞ歌集を統《す》ぶるがごとし

いにしへの跡を尋ぬる心にて君の学と芸とどこほりなし

病みたまふ今のうつつも草や木や鮮かにして君が目に見ゆ

群山創刊努めし人ら多く亡し君と吾とのみ生きて老いたり

歌集『空晴れて空』（豊島謙一）

医の人と兼ねて親しむ歌の友到れる境をここに見るべし

春と秋季節移ろふ折り折りに君の心をさながら写す

身の病ひいたはりながら個の嘆きつぶさに詠みてとどこほりなし

歌集『筬の音』（岩田叶子）

異国《ことくに》の土踏みゆきし旅の歌君のふるさとの如く親しき

すがすがとこだはらぬ君の性《さが》にしてさながら写す人も自然も

機《はた》を織る筬《をさ》の音かと思ふまで歌の調べのとどこほりなし

歌集『白き繭』（瀬戸忠頼）

学生の君に会ひてより待ち待ちし歌集成りたり生の充実

人の世の仕事に向ふ勢ひのおのづから深き詠嘆となる

花に種子に心の通ふ歌にしてうつし身の君と相見るごとし

歌集『篠の籠』（高橋華子）

身のめぐり草も小鳥もこまやかに詠みておのづから調べさやけし

病む夫をみとりて日毎詠む歌に深きこころのありありと見ゆ

相共に携はりたる幸ひもその亡き後のかなしみも知る

群山歌会

新年歌会

めぐりゆく島の道さへ心沁む曾良のたどりし跡と思ひて

七時雨山吟行

暗緑の森にかかれる藤の花さかのぼりゆく谷のはざまに

第五十巻記念歌会

夏冷ゆる日のならはしに足袋はけりわが老いさぶる形の一つ

斎藤茂吉追慕歌集（第二十一集）

ためらはず見送りの少女に言ひましき「春機発動期だから美しいね」

明治記念綜合歌会

ものなべてくつがへしたる部屋の中尋ねあぐねし一冊のため

故結城健三氏山形市葬弔歌

大いなる人逝かしめて春寒し立つおもかげに君を偲ばむ

平成八年（一九九六年）

「群山」

一月号（五十巻記念号）

激動の歴史の歩みにたくらべて群山の過去かへりみむとす

人間の五十年にも消長あり生きつぎて今在る群山いかに

群山の五十年こそさながらに「戦後」と言はめ歴史の刻印

過ぎし人去りゆきし人思ふにも愚かに吾は一つに縋る

日本語の清らなる国にわれ生きて詠みつぎゆかむ後幾ばくか

今ゆ後五十年の末はわが知らず或いは日本語乱るらむとも

二月号

雪解けて凍てたる土を踏む歩みたどたどしきを一人知るのみ

教会の塀に沿ひたる狭き路日の陰なれば雪を保てり
雪の後けふ晴れて空すがすがし歳晩のひと日爪などを切る
草藪の何の木の実か赤々と今年の冬の小鳥いまだ来ず
「心に持つ」を「心に待つ」と誤植してわが一首歌集に収められたり
韓国の尹先生の「寿春」の字墨あざやかに空よりとどく

三月号

耳の医に去年よりつぎて通はむにまぎれて診察券をうしなふ
今日の午後空気きびしくなりたるは雪か霙を呼ぶかと思ふ
わが友といへども九十六翁の死を弔ひて寺より帰る
死者のため乾盃にあらず献盃を促されてわが立ち上りたり

みちのくの雪散らふ日のこもり居に西の国べの黄砂を伝ふ

四月号

わが爪の伸び早ければいささかは老いの命の残るかと思ふ

わが友の数減りゆくはすべもなし訃の伝ふるを新聞に読む

やや足を挙げて歩まむ道の上小石にさへやつまづき易き

せまり来るものを思はずパン一片紅茶一碗に足らふわが生

世に人に憤ること多き日々口先きだけで言ひのがれするな

五月号

お茶の水より明治大学前よぎる道踏みつつ思ふ過ぎし人と跡

駿河台上りゆき大学研究室に二人の教授を訪ひし遠き日

教授すなはち土屋文明と柴生田稔吾を鰻屋にみちびきたりし

「ランチョン」に狩野登美次とビール飲み別るれば上野より北へ帰りき

神田通り酒店《しゆてん》「弓月《ゆづき》」に相共に酔ひてしどろなり明平も喜博も

その席に柴生田稔ありしかど吾らの酔ひをたしなめざりき

六月号

ガラス戸をあけて朝々わが向ふ槻の林の萌ゆる日待たむ

わが庭の梅の低木に後れたることしの花のしろじろと冴ゆ

咳止まず長びく風邪とわが仕事捗らざると身を責むるもの

へーべーといふは何かと知らざりき平方米《メートル》の馬鹿々々しい約語

国粋といふにあらねどうべなはず何ぞNTTましてJR

七月号

わが過去の或る記憶すでに忘失す生《せい》のいかなる部分なりしや
耳の医に通ふ予定に従ひてわが日程のいくばくかあり
気温とみに上りし日ごろ瓶《かめ》にさす白き牡丹の散れば崩るる
人権を拘束し偽名を強ひたりし何の政治ぞらい予防法
失ひし多く返らずよろこぶべきらい予防法廃止といへど

八月号

花の香を久しく嗅ぎしこともなし今ほのかなる何の花の香
夏至過ぎてたゆたふ心仕事一つ終へし偸安《とうあん》といふにあらねど
平衡を失ひし一つ個体なれ起きざまに柱に頭ぶつつける

目も耳も脚さへ衰へゆくものか今日の歩みのすべなかりける
移し植ゑ枯れたる幹のふる雨に濡れたる見ればなほ生ける如

九月号

学士会館の小食堂に昼食のパン食ひて出づ暑き鋪道に
特売の文庫本などのぞきつつ汗垂りて歩む神田神保町
乗り降りに常親しみし上野駅寄らで過ぎゆく東京往反
東京の夏は暑しと日帰りの旅戻り来て素麺を食ふ
小豆島の土産の素麺すがすがし暑かりし日の夕べの卓に

十月号

高々と白さるすべり咲ける家過ぎて入りゆく桑畑のみち

桑の葉のひるがへる畑のみち行きぬ幼き日の如ふるさとの如

低温に花期長かりしアカンサス処暑過ぎてより素枯れむとする

老いてより仕合せな世に会はなむに戦後もつとも悪しき政治ぞ

憲法を守らぬ司法とは何ぞ沖縄の人権は他国のことならず

大それた大臣などといふ呼び名捨てよ一人も碌な奴はゐない

十一月号

蒲の穂を幾もと古き瓶《かめ》に挿す心たゆたふ日々のすさびに

紺の色鮮やかにして一束のりんだうの花わが卓にあり

白き船あまた泊てたる入海の夕づきゆかむ清きかがやき

行き交ひて出で入る船の音もなし潮の凪ぎたる青き入江に

「巴里祭」のアナベラ死すと遠く知るはかなきことも日記にしるす

潜むごと場末の映画館にわが見たる六十数年前の巴里ノ郎女《いらつめ》

十二月号

南蔵王吹き下ろす風すがすがと秋海棠の花をなびかす

乙二の句碑めぐり下りゆく芝の道不忘の山をまなかひにして

冷えびえと曇りに湿る草踏みて午後のいとまの心休らふ

柵結ひてアベリヤの花咲く一劃に草がくり行く流れひそけし

海草の湯浴むる茂吉の歌ありき海藻療法《アルゴテラピー》といふにやあらむ

「あをば」

一月号

原爆に潰《つひ》えし街の空しきにしばし佇み立ち去りぬべし

わが住みし家さへすでにおぼろなり橋越えゆきてその跡に立つ

樟《くす》の木の茂れる道を行き尽きて川あり少年の吾の泳ぎし

潮の退《ひ》く川の流れを見下ろして爆心地元安橋を踏みゆく

原爆のドームより引き返す苑《その》の中峠三吉の詩碑にわが立つ

胡子《えびす》祭りにぎはふ町にまじりつつ行き合ふにはや知る人もなき

その妻を喪《うしな》ひ侘びて住む友に空を飛び来てわが逢はむとす

二月号

やや風邪を引きたる如くこもりをり食欲もなきこの二三日

階段を昇るに脚のたゆきこと老いの衰へと思ふもわびし

この冬のくり返す寒波降る雪の溶けやすくして一月尽きむ
わが庭に冬の椿の咲き出でて心なごまし二階より見れば

三月号

常ながら電気毛布に脚包みことしも冬を凌がむとする
わが手足冷ゆるは自律神経かわが肉体の老いのしるしか
低血か貧血かさらに虚血とぞ衰へゆかむうつし身一つ
せまり来るものを思はず朝おそく起きて紅茶のみパン食らふのみ

四月号

崖のみち臭木《くさぎ》も桜も伐られたり歌に詠みつつ親しみしもの
出で入りに桜の下の道ゆきて仰ぎし花もすでにまぼろし

年毎に破壊すすみて都会にはもう純粋な自然などはない

街より街に道より道に舗装され人間は土を踏まずあるべし

裸足《はだし》にて大地踏みたる原始の代《よ》土も草木も匂ひ立ちけむ

公害などといふはたやすし自然界の崩壊は人の心病ましむ

寒ければ部屋に囲ひし浜ゆふを日向《ひなた》の縁に鉢ながら移す

五月号

啓蟄といふといへども今朝見れば屋根の甍《いらか》に雪はだらなる

朝々の郵便を待ちてわが拾ふ受贈誌のたぐひ読み捨つるのみ

六月号

咳と痰多きは老いのしるしかと思へどすでに嘆くことなし

海のかなた野茂の投ぐるを楽しみてテレビに向ふ朝の一とき
淡々《あはあは》しき黄みどりの葉のひろごりて並木の欅日々にととのふ
折り折りに光の透《とほ》る並木路欅の影を踏みつつあゆむ

八月号

幼くて脚気を病みし記憶あり老いたる今に腫《む》くむわが脚
麦を食《は》み朝露ふみて田の道を行き返りせりき脚気によしと
おのづから窮まる命といふことも吾にはすでに客観ならず
梅雨明けに近しといへど靄ごもり家々の屋根かがやきあらず
アカンサス咲きのぼりゆく花見ればことしの花梗三つのみなる

九月号

小学校の角力大会一度のみ勝ちて鉛筆もらひし記憶

運動会の徒競走つねにビリなりき幼年よりにぶき運動神経

オルガンもピアノも弾かぬ年老いし男先生に唱歌習ひき

音程の狂ひし先生に学びたる唱歌は一生調子はづれに

中学校の正課の柔道に試験ありき勝ったり負けたり友と八百長

鉄棒の尻上りも倒立も叶はねば楽しまざりき体操の時間

スケッチにあらず標本の模写のみを習はしめたる図画老教師

十月号

年々《としどし》に萌ゆる幾茎いちじろし曼珠沙華の花の映ゆるくれなゐ

稀《ま》れ人《びと》のごとく年々庭に咲くいづくの種ぞ曼珠沙華の花

くれなゐのまづ咲き出でて明るきに曼珠沙華の花白きはいまだ

草の中ぬき出でて咲く曼珠沙華一もと赤く一もと白く

行きてわが手折《たを》ることなし木々暗き下かげにして咲き終ふる花

その花の異名ぞあはれきつね花死人花また幽霊花と

花咲けば葉なし葉あれば花を見ずハミズハナミズの名に負へる草

十一月号

秋の日の曇りに沈む黒き森一ところ赤き唐楓《たうかへで》見ゆ

晩秋の森の深きに入り行かば木の実こぼるる道もあらむか

十二月号

伊豆伊東より送られしバラ幾束花かぐはしき赤と白と黄と

大き甕に水満たしめて箱詰めに送られしバラを解きて挿したり
わだかまる心のままに夜となりて甕に溢るるバラの花に対す
大戦のさ中に敵をのがれつつ培《つちか》ひたりし洋バラといふ
わが庭は花乏《とも》しきにあまつさへバラのたぐひの花一つなし
たまもののバラにこよひは慰まむわが家の庭に見ざるこの花

遠き微光（「河北新報」一月一日）

わざはひの年果てて遠き野の上の微光のごとき新年を待つ
かがやきて流るる冬の雲の下青々と萌ゆるものをたのまむ
来む年は吾にいかなる年ならむただ予約なき日を恋ふるのみ
雪の前のこのしづけさぞ身に沁みて北ゆく汽車の中に吾あり

雪白き冬の疎林を過ぎゆけば径おのづからみづうみに沿ふ

街上の雲（「短歌春秋」58号）

雲のない空は空でないと思ふまで巷のはての遠あかね雲
翳もちて街上をよぎる雲の層わが住む屋根に雪を散らせり
北ぐにの吹雪晴れたる青空にまぎるるごとく淡き雲逝く

白き幻（「短歌現代」五月号）

身反《そ》らせば影の境に入りぬべし老ゆれば影も親しかるもの
気短《みじか》を抑へおさへて性《さが》となる諦念のごときものを憎みつ
南《みんなみ》に行くべかりしを北に移り住みける運命いかに思はむ
わが生涯誤たざりしや誤ちしや考ふるさへすでにものうし

憤るは世相《よさが》のみならず住専などといふでたらめな略語のことも

老いの眼はすがしからむを白内障病めばおぼろなり遠き人かげ

涙腺の何のわづらひ悲しまむこともあらぬに涙さしぐむ

人の目を怖《を》づべくなりぬ歌くづを梓に上《のぼ》す八千八百七十二首

歌集編むはいかなる業《ごふ》ぞはらわたをさらけ出すといふ通俗の比喩

子供として生れ変るのなら自分にあらず他人ならむと山田風太郎いふ

鉄棒の尻上りに苦しみし中学時代老いての夢のさはやかならず

ふたたびの若返りなど欲するや変若水《をちみづ》なんか今の世にあらじ

ネクタイを自分で選んだことはない首に結ぶとは何の習俗

手と足の爪の伸ぶるを健かのしるしとぞせむ老いさぶるまま

身をかがめ足の爪剪《き》りてあなさやけ本懐一つ遂げたるごとし

幾たびか地吹雪立ちてわが槻の林を白き幻とせり

時じくに降りて積みたる雪の下八重の椿のくれなゐぞ濃き

南のもの浜ゆふとアカンサス降る雪に葉ながら朽ちて土に伏したり

降る雪に葉の腐れたる浜ゆふの鉢を運びぬ露台より部屋に

行く道に吾をなぐさめし臭木《くさぎ》の花その幹伐りてマンションの建つ

高校の植物教師たりし君万葉の「久木」は臭木なりといふ

その説に従はねどもあらがはず九十六歳の先生の前

戦中はシンガポール植物園長にて俘虜英兵の学者に逢ひき

俘虜コーナー博士を副園長に起用して熱帯植物を研究せしむ

敗戦にて立場逆転し園長のコーナーはいちはやく君を送還す

野の果て（「短歌研究」五月号）

流らふるものに心を恋はしめて水に沿ひゆく小さなる旅

野の中の冬の川一つ枯れがれの芦の間に白き光りを反す

野の果ての高き煙突に立つけむり向き変へて風に折り折り靡く

みちのくの春おそくして或るところ萌えざる丘の赭々と見ゆ

愚かなる国の政治など信ぜざれ怒り収めて眠らむとする

民衆の一人とし民衆に恃みたる心のゆらぎ老いて忘れず

果たすべき思想もなしに在り経たる生涯の嘆きいかにかもせむ

近況片言（「短歌」六月号）

おぼほしき曇りの中ににじむ紅《あけ》遠き街区の冬の落日

滞るこころのままにま家出でず夕べとなれば二階より下る

ひねもすを椅子に坐りて痺れたる脚振り何に向はむとする

鉛筆を削りけづりて書くのみに心遣《や》らはむこと一つなし

脚を挙げ高く踏むべしわが老いのよろめく一軀支へむがため

遠く住む友と思へど行きもえず潮浴びてあそびし少年なりき

亡き人の植ゑしゆかりの一もとの侘助咲けばしきりに思ふ

身丈《みたけ》より高き杖つきて徘徊すわが師九十六翁にして

杖に倚り歩きて稀れの草あればカメラに接写す植物学者の君

後るるは政治の咎《とが》ぞ沖縄基地返還またらい予防法廃止

「短歌四季」秋号

淡青《たんじやう》の色に昏れゆく夕の空見てゐる「時」を現在とせむ

つきつめて思ふことにあらねわが過去の境をいつと限らむものか

ゆづり葉の茂りに茂れる幹ながら濡れて立てればうつしみの如

老いといふもの（「歌壇」十月号）

否めざる老いといふもの夜となれば夜の眠りをただにたのまむ

ことし早く身の衰へを知るべくは耳と目とさらに脚の歩みと

思ひきり物食ふこともなかりけり己が胃の腑の小さくなりて

中学の体操で叱られし倒立ぞ老いての今も能はざるべし

瀬戸内で合宿の水練鍛へたりき老体でも水の上に浮きますよ

半夏生まで（「現代短歌雁」37号）

繰り返す寒と暖とに馴れずして晩春の日々咳に苦しむ

わが足の怠りにして庭の草踏むこともなく春を逝かしむ

庭隅のものの陰に咲く白きものわが待ち待てるアシビ花房

年毎に滅ぶるかと見るアカンサスみなづきに入りて緑いきほふ

吾見ても久しくなりしゆづり葉の深き繁りに梅雨近からむ

白牡丹崩れ果てたる庭の上残れる花のいくだもあらず

己が身の痒き部分の移るさへ一つ運命のごとく思はむ

虚血症を怖るるごとき予感あり机の前に目をつむりたり

加賀乙彦の「炎都」を読みて梅雨冷えの今日のひねもす家出でざらむ

ルビーの石囲みて十五個並べたる何のしるしぞ六十万年前の跡
半夏生過ぎて日差しの定まれば木の下蔭に椅子を移せり
靴穿きてなづむ歩みに疲れたり行きゆく東京の坂の上の街
わが友の老人ホームに入りしとぞ遠く聞きつつすべなきものを
同級の生き残りたる幾人かほしいままに逢ふ日とてなからむ
死に後れか生き残りかと思ふまで戦ひの翳わが身を去らず
戦死せし友偲ばむにそのなべて二十代か三十代若き面影

六十万年前（「ポポオ」56号）

サハリン南部より発達の低気圧この街の白き地ふぶきとなる
白々と地ふぶきの飛ぶ屋根の下昨日も今日も賀状書き足す

怠りし賀状書きなづむ老いざまか感慨もなき正月にして

六十万年前のみちのく上高森《かみたかもり》赤き石器を土に掘り得つ

量り得ぬ時間といへど現実に手に執らふべし石器十五個

老残試作（「ポポオ」57号）

一過性虚血症失神昏倒す行方も知らに救急車に乗る

救急車に脈を診ながら医師のいふ「心筋梗塞でなくてよかつた」

うつし身の細胞もろくなりゆくをみづから知れど知りて何せむ

咳痰のしげくなりゆく身の弱り風邪か過労か老いのさだめか

果たすべき仕事幾つか数ふれど願はくは無為放縦の日々

日常身辺（「ケノクニ」六月号五十巻記念号）

もろ人の心むすびて到りける年の五十を限りなく思ふ　賀一首

折り折りに雪降らしむる低気圧槻の木末の萌えおくれたり

食欲のなき朝なれどパンを食ひ珈琲のみて郵便を待つ

目もおぼろ耳もかすかに老いを知る一人の思ひ人に告げざらむ

テレビ終へて寝るを日ごろの習ひとす浅き眠りの中に見る夢

五十年に寄す（「関西アララギ」五十巻記念号）

半世紀越えたるいさを讃ふべしみづからのためもろひとのため

幾変転しのぎ来りし歴史あり関西アララギああ五十年

西の君ら東の吾らたづさへて命に向ふ歌詠みつがむ

関西弁では歌は作れぬと言ひましき諧謔かイロニーか鋭き一言

かるがるしく言葉遊ばせ詠むなかれ命こもらねば亡びゆくもの

「青森アララギ」（六十年三百号記念号）

これやこの縄文の里に新しき歌のしるしあり「青森アララギ会」

北の涯歌に結ばるるえにしにて六十年三百号のしるき足跡

成し得たる大きよろこび思ふにも過ぎし人らのみ魂よ返れ

序歌

歌集『コルヌコピア』（八木純）

仙台に学びし日よりつらぬける生活と共に君の歌あり

鋭く見さらにことばの素直なる歌がらに知る君のよき性《さが》

家族らを詠みてあたたかき心ばせしみじみとして訴ふるもの

歌集『滑走路』（近藤惇）

療養所に君の病みゐし若き日よりその鋭きに吾は恃みき
半世紀の長き交りに君の歌いよよ冴ゆるをまざまざと見つ
母の死の悲しみの歌を限りにて君の苦しかりし命終へたり

歌集『無線機』（今野金哉）

こまやかに人に尽くさむ真心のにほふが如し歌それぞれに
国の内も外も歌ひて余すなし歩みたゆまぬ行きのままにまに
君の職おろそかならず努めつつなほ美しきものを求むる

歌集『ふるさと会津嶺』（本多修朗）

哲学と文学のはざまに君ありて無限なる美を形象したり

生涯をつらぬくものよ故里の会津を恋ふる心といはむ
なほ生くる君かと思ふ残されしこの一巻の歌をし見れば

詩歌頌（日本現代詩歌文学館案内パンフレット・新カナヅカイ）

調べあることばの泉汲みたまえ花乱れ合う詩歌の園に
現実を超ゆる力ぞ言霊の光のごときことばの流れ
詩と歌と句とまじわりて律動の渦まく命とわに讃えん

斎藤茂吉追慕歌集（第二十二集）

年毎に茂吉の墓に詣づるをならはしとして五月十四日

明治記念綜合歌会

軒の端に素枯れて残る紫陽花を見下ろして朝の窓明けはなつ

煙雲館即詠

秋の日のすがしき径をめぐりつついにしへ人を恋ひ思ふなり

近代の短歌の祖と偲ぶなり秋の光りの煙雲館に

定家忌献詠法要会小倉山会（六月八日、洛北厭離庵）

兼題「菖蒲（あやめ）」代作

いにしへを偲ぶよすがのあやめ草みちのくに咲きみやこにも咲く

紫のゆかりの色を流したり水に映れるあやめ一もと

みやびたるあやめの花を手にとれば昔の人の面影に見ゆ

現代歌人協会四十周年記念号作品

ゆづり葉の茂りの下にアカンサス咲きてことしのわが「夏」となる

「すがた」一首（色紙）　短歌書展（日本書道美術館）

姿とは素形なるべし槻の木の葉をまとはざる冬木のすがた

平成九年（一九九七年）

「群山」

一月号

坂行くに折り折り佇むことのあり足の衰へおのづからなる

穴ごもる毛物のごとく深々と布団かぶれり老いたる一軀

販売機で切符を買ふはあぢけなし人より人へ渡す手が欲し

いささかの白内障に乗り換へむ駅の標識も見えずとまどふ

買物の手はずを紙に書き留むることさへわりなき運命とせむ

足高く踏みてわが老いを隠さむか新しき年の新しき道に

二月号

電気毛布の目盛りを「弱」に戻すべし冬の夜ながら汗あえて醒む

わが眼《まなこ》衰へてよりまどかなる月の輪郭を見むすべもなき

しばしばの尿《ゆまり》に立つは老い故のさだめかとひとりわが思ふこと

病院の待合室に待つ時間今日は読むべき文庫本持たず

駅前のホテルに一夜宿るのみ知らざる街に再びを来て

遠山並低くめぐらすこの街の朝のかがやきを窓に見下す

三月号

縄文の世に生きたなら今のこの吾と同じき人かあらじか

フクロウを型どる土偶フクロウと共に棲みけむ縄文の人ら

露西亜語の辞書の一冊わが持てり知れるは今日のロシヤにあらず

方向をつねに失ふ駅構内眼病めば道しるべ読みがたくして

高層の壁に鋭角にさす夕日衰ふるまで吾は見てゐる

四月号

覚めやすき眠り繰り返す幾たびか異なる夢の切れぎれにして
手の指の傷に寒さのひびく朝片手ながらに面《おもて》を洗ふ
わが足の踏みてよろぼふをあやぶみぬ石多き道砂利荒き道
忘れたる人の名と物の名一週間記憶はげましよみがへりたり
亡き人も立ち出で給へ六百号重ねかさねしこの喜びに
六百号すなはち五十有二年ひたすらなりき生の閲歴

五月号

なほ残る生《よ》を思はむに咳痰《がいたん》の喉《のど》にからむをいかにわがせむ

飲む水に咳くことあれど朝なさな含《ふふ》みて胃の腑浄《きよ》からしめむ

細胞の衰へゆくをわが知れりよみがへるべき記憶もおぼろ

大和べの国にまつろはざりしもの先住民族の矜《ほこ》りを保つ

神を呼ばふ禱《いの》りの謡《うた》をわが聞きし湖べの宿り忘れざらなむ

わが知りて唄ふは一つ「ピリカ」のみ文字なき民といへど謡ありき

六月号

年どしに衰へゆきしマンサクのことしの春は黄の花を見ず

出で入りにわが手に触るるものとして白々垂るる馬酔木花房

遅速なく連翹の花と木蓮と咲きてあかるしわが路地の坂

裏戸出でてわが立ち向ふ林にはしるしケヤキの若萌えのいろ

安保とは侵略にあらずや武装した基地など自分の国に返せ

国益は日本のものかアメリカか沖縄の傷みぞ内の悲しみ

七月号

届きたる古書目録は措《お》きしまま本買はずなりて久しとおもふ

手に囲ふほどの狭きにものを書く積み重ねたる卓の片隅

整然と並ぶる書庫を見る夢もわが残る生《よ》に能はざるべし

読まざりし本のいくばくその呪咀の声満ちみちて迫るが如し

滅ぶべくあらざるものをみづからの手に滅びむとするかアララギ

今ゆ後《のち》アララギの名を絶つといふ名は実なりと知るや知らずや

八月号

わが思ひ遣らふすべなみ手折りたる山梨の枝を甕に挿したり
エルニーニョ現象か夏の気温高し草の丈去年の倍に伸びたる
高々と伸びてアカンサスきほひたりことしの夏の気候異変か
脚たゆくなる年々の夏のこと老いの定めと思ふほかなし
休日はクレーンの音聞こえねば安し目の前に高層の立つ
台風の近づくけはひ窓閉ざし汗あえて待つ夜となるのを

九月号

啄木に日本の歌をまねびしと林林《りんりん》先生その歌碑に凭《よ》る
夏の草刈りて匂ひ立つところ過ぎ啄木の跡を君にしたがふ
吾より一つ齢《よはひ》長《た》けし君なれや手振りもさやに中国の詩を語る

福建省生まれの君になぞらへて遼寧省と答ふ旅順生まれぞ

老舎の名挙げて非業の死を悼む君も吾さへ一つごころに

手づからに北京の印泥を給ひたり明日は海飛び帰らむ君の

十月号

この日ごろ家出でざれば窓遠き空に曇りと晴れを知るのみ

友ありて鷺草の鉢をたまひたり年どしなれば枯らすべからず

ことしのみ浜ゆふの花咲かざりき立ちまじる草高く茂るに

耳遠く歯欠け目さへおぼろなりややに近づき来るもの何ぞ

足と腰弱るにいまだ杖つかず折り折り道の上にたたずむ

火星の平原に沈む夕日ありかかる映像を吾に見しむる

十一月号

鵲《かささぎ》の飛ぶといへども吾は見ず秋の楊柳《やなぎ》のなびかふ村に

坂多き大学構内行きなづみ木槿《むくげ》の花に幾たびか寄る

韓国語ひねもすひびく部屋の中疲るれば見る霞む漢江

詩の恨《ハン》の伝統のこともあげつらふことば異る詩歌ゼミナール

橋あれど越ゆべからざる掟あり鉄条をめぐらす南北分断

民族の運命をここに隔てたり鉄条するどき三十八度線

十二月

伝承の山の井二つ尋ねたり釆女《うねめ》の跡もたやすからざる　安積山

三角の幾何学文様あざやかに壁に描けり人の死のため

横穴の古墳を出でて潮の香をちかぢかと聞く海沿ひの道

太平洋の涛の寄りくる塩屋埼燈台の下にツワブキの咲く

浮巣ある沼べの万葉歌碑一つ面《おも》寄せて読むわが筆のもの

海の上に全《また》く立ちたる大き虹わが見る限り消ゆることなし

「あをば」　一月号

幼年は還ることなし新しき年のよろこびも遠くなりつつ

囲炉裡べに餅を焼きたりつつしみて正月迎へし幼年の日よ

暦にて改まる年を知るのみか時の移りに感慨もなし

この冬の雪やや遅しと伝ふれば足冷ゆる吾れ少しよろこぶ

足袋はきて布団にもぐるわが寝ざま足の冷ゆるを防がむがため

二月号

冬枯れの庭の一劃明るかり咲きつぐ八重の椿一もと

室内に浜ゆふの鉢収めむと思ひながらに年末となる

送られて来しふるさとの広島菜新しき年のよろこびとせむ

新年を迎ふるこころ幼年の日のときめきのすでに返らず

わが齢《よはひ》老と呼ばるるをいとはねば時のままに随はむとす

暦にて年を区切るはいつよりか縄文の代《よ》には暦なかりし

天然の移ろひに四季を定めたる縄文びとの暮しをおもふ

三月号

水のみて咳くことのありみづからの老いの恙《つつが》の一つかと思ふ

立ち上がる脚の力の衰へて傍らの椅子にすがらむとする

怖るるに足らずといへど白内障手術の予定延ばしつつをり

耳の医にかかりてすでに三年か通院の日は朝早く起きて

前立腺なりと確かに思へども医師を訪ねむこともせざりき

虚血症失神の記憶去らざれば仕事止め目を閉づることあり

数ふればなほ三つ四つ加ふべし老いて定めのごとき病ひか

四月号

戦ひつつ詠みし君の歌限りなき中国民衆の力贊《たた》へき

疑ひて戦ひ死にし君ならむ死を怖れ眠れざりしと歌ふ

戦ひて死にしは昭和十四年その訃を悲しみし日ぞよみがへる
十五年戦争過ぎて戦争を知らぬ世代にはや移りたり
戦ひに行くべかりしをなほ生きてつひに還らざる友らを傷《いた》む

五月号

わが庭の低木《ひくぎ》の梅に咲く花を見るものにして日毎親しむ
朝の窓明けてわが見る梅の花四月に入れば半ば散りたり
梅散れば継ぐべきものぞ葉ごもりに匂ふが如し椿の花は
わが垣の連翹の花咲きそめて明るくなりぬ路地の坂みち
おのづから時移ろへば白々と馬酔木《あしび》の花の房となりたり
今日の雨にややうるほへる坂の道桜のはなの蕾ととのふ

六月号

庭の花散りゆく時を同じうす木蓮れんぎようはた八重椿

気温とみに上りしと思ふ宵ながらひとりテレビの野球見てゐる

歯科の医に行かむと思ふのみにして四月尽き五月上旬となる

冬の間を電気毛布にたのみしが温《ぬく》き宵々目盛りを落す

七月号

さ緑に萌ゆる木末のしづまりて今日降る雨のしづくを落す

遠き過去遺跡にさぐる縄文の人らと吾と何のつながり

細長き島に生きたる縄文の人らは同じ南も北も

八月号

台風の雨のなごりに水満ちて岸べを浸し流れゆく川

両岸の草を没してみなぎらふ水にかがやく今朝の光や

川上におぼろに見ゆる橋あれば人ひとり犬を曳きて渡りぬ

動かざるごとく流るる水のさま濁れる川は岸を映さず

窓下に見ゆる岸べの草むらのなびき撓《しな》ふは風のあるらし

支流一つ注ぎ入りゆく合流点中洲の草に水あふれつつ

今日暑くなるらむ予感まな下の濁れる川を佇みて見る

九月号

白内障の目にはさやかに見えねども葉ごもりに椿は実を結びたり

丈高きアカンサスの花しどろにて素枯《すが》れゆきつつ七月終る

山ぼうしの枝を挿したる甕一つ玄関の土間の一隅を占む

年どしに夏咲く花のホトトギス草の茂みの中にぬき出づ

もとめむとするに文庫本探し得ず書棚の前を行き返りして

浜名湖のほとりに住める友よりのたまもの鰻の蒲焼ぞこれ

歩む足たゆきをややに励まして夏の日盛りの坂みちのぼる

十月号

山行きて秋のすすきを手折《たを》り来しわが子は甕に盛り上げて挿す

この秋は招かれて韓国に行かむとすあらかじめ白内障の手術をせむか

十一月号

木槿《むくげ》の花この国のしるしと知るゆゑに道すがら見て手にとらむとす

幹白きポプラ高々とつづく道飛ぶ鵲《かささぎ》を見ることもなく

川鱒の刺身を食らふ今日の宿楊柳《やなぎ》のそよぐ下蔭にして

抑揚のしるき訛音を聞きながらこの国の青年詩人に対す

南北の三十八度線に民族の嘆きの碑めぐり高麗茶のむ

鉄条網布《し》きてきびしき境あり南より北を見放《さ》くるところ

民族を二つながらに分断すたぎる思ひを人ら言はねど

十二月号

身を投げし池の一つと伝へ来て祠《ほこら》ささやかに采女《うねめ》を祀る

とこしへに被葬の人を護るべし玄室の壁の三角文様

踏みしだく草に立つ香のしたしきに小さき沼へ道下りゆく

重ねくる白波に向ふ宿の窓今きらめけり雲の間の斜光

雲切れて一瞬吾に直射せり波をへだつる低き太陽

歌碑の字をかくすまで草茂りたり逆光の中に近づきて読む

泉水《しらみづ》の浄土庭園木深《こぶか》きによぎりゆく見ゆ白鷺一群

冬の星（「河北新報」一月五日）

雪散らふ今日の夕暮れ川越えて流るる水をかへり見むとす

冬の星仰ぐことなく蒼茫の夜空の下にわが立ちつくす

月移り年を迎へむ味爽をひとり来りて槻の落葉踏む

老いてより心澄むとにあらなくになほ新しき年にたのまむ

吾に残る時間の限り知らねども今のうつつの黒き薔薇一つ

生くる限り（「短歌新聞」一月号）

黒きまでくれなゐの濃き薔薇一束こよひわが部屋の灯の下に咲く

新しき年迎ふべき夜となりて甕にあふるる薔薇の花に対す

言祝《ことほ》ぎに訪ひくる人も稀なれば寝ながらに待つ老いのわが春

知る人の去年《こぞ》亡き数に入りし名を唱ふるごとくひとり呟く

わが生くる限り宇宙の滅ぶる日知ることなけむ知らずともよし

籐椅子にて（「短歌研究」五月号）

硝子窓透す光にたのむべし衣《ころも》を薄くして籐椅子に凭《よ》る

朝起きて水道の水を嚥《の》み下し胃を清めつつふたたび眠る

ことさらに人に会はねば髭のびて己れ自ら毛ものの如し

百済のふるき都に誘ふ旅日本の韻律を語れとぞいふ

動乱また亡命と民衆の飢ゑありて禍《まが》尽きざらむこの世紀末

わが友の戦死の跡を地図に知る天津郊外海光寺兵営の畔《ほとり》

天津郊外と思ふ上空飛びしとき頭《かうべ》を垂れて君を弔ひき

槻の木の雨（「短歌新聞」七月号）

風吹けばなびかふ雨に槻の幹片側くろく濡れそぼちたり

夜すがらの雨に濡れたる幹の色鋼《はがね》のごとし槻の林は

槻の木の下みち草に覆はれて吾の歩みをさへぎらむとす

幾百の槻の群立ち夜の闇にちかぢかと吾に迫る幹あり

入梅の前に低温のつづく日々毛布一枚を夜床に加ふ

石の廊歩みて囚舎に入る道もわが身に親し世の外ながら

仮釈放に一人欠けたる歌の会ここに通ひて五十年になる

この見ゆる大き銀杏の若葉かげ鳶と鴉と共に棲ましむ

義歯欠けてわが口の中そぐはざり物食ふも又水飲むにさへ

長崎の枇杷の実幾粒皿に載すしばし時おきて吾は食はむか

みづみづしき枇杷のつぶら実に思ほゆる故里の池の畔《ほとり》の枇杷の木

移るものと移るべからぬものとあり継ぐにいづれを選ばむとする

守るべきもの守らずて何の前進過去を棄つるといふはたやすし

力尽きて萎えしといふは誰《た》が言《こと》ぞ「斃而後已」は寓言ならず

言霊《ことだま》はありもあらずもアララギの名は実ならずや文学の象徴

煉瓦の道（「短歌」七月号）

まなかひの壁にひねもす仰ぐもの薔薇の版画の黒い葉と紅い花

部屋の内見ゆるものなし積み重ね頽《なだ》れむとする書物のほかは

歩かねば衰ふる足を否めざり椅子に朝より夕まで坐る

孫むすめわが足の硬き爪剪《き》りて帰りゆきたり今日のよろこび

栞して小説の頁措《お》きしままこの春多く読むこともなし

正誤表作りおかむと思ふのみ怠りやすき晩春の日々

モザイクに組み合せたる色煉瓦踏みておのづから地下道に入る

新しきマンションの一角樹と芝の人工庭園いまだなじまず

イヴの像立てる畔《ほとり》に今日見れば光湛ふる池のきらめき

葶散つて桜の時も過ぎぬらむわが立つ刑務所の一隅ながら
世に帰るいつと知らなく無期囚の幾たりまじる今日の歌の会
憲吉の終焉の家保存すと伝ふれば思ふよ海の夕照り
憲吉を知れる者なほ幾たりか少なき中に吾在りて老ゆ
滅ぶべくあらぬもの滅びむとするに遭ふ歴史の中の一齣にして

小鳥と椿 （「ももんが」四十周年記念号）

庭に来る小鳥の声も聞き分けて雪近からむ空気すがしむ
残雪にくれなゐの花映ゆるまで八重の椿の日毎咲きつぐ
雪にさす茜の色をうるはしみ稀に晴れたる夕庭に立つ
羽ならず小鳥の如く軽かれと西欧の詞人のエピグラム一つ

たやすく運命などと言ふ勿れ人の世の生死いづくより来る
縄文の世代に生きて継ぎにけむ民らの末を思ふともなし

みちのくの歌（「山麓」四月号五百号記念）

山一つへだてて雪の白き国ここに親しき人と歌あり
茂吉また哀草果の跡相つぎて営む山麓ああ五百号
人間の素《もと》の心をつなぎつつみちのくの歌うたひ上げ給へ

「北海道アララギ」八月号（五百号）

海峡をへだてて相向ふ島と島縄文の代を共に生きたる
創成川のほとりに君と語り合ひき敗れし国のこと新しき歌のこと
アララギとは文学精神の理念なりその名負ひつつ五百号を超ゆ

序歌

歌集『春の雪』（庄司忠実）

医と文と兼ねて成りたる君の歌すがすがとして滞りなし
篤実の人柄をまさに見るごとし深き思ひを内に潜むる
戦ひを中に挟みし青春期君のいのちの原点にして

歌集『往診鞄』（高橋惠一）

強き意志とこまかなる心あればこそこの一巻の歌集成りたり
歌の人すなはち医家の君にしていづれのわざも世にすぐれたり

補遺

角館に君在ることをたのみとす百穂生まれし水清き里

今さらに何ぞ先住民族の謂《いひ》遠き星の下に神祀《まつ》り来《こ》し

平成十年（一九九八年）

「群山」

一月号

回天軍神機隊長たりき曾祖父加藤又右衛門壮《わか》くきほひし

武将土肥の女《むすめ》めとりし又右衛門早く亡びてその跡を見ず

入聟の祖父の父たりし又右衛門その裔《すゑ》の吾みちのくにあり

神機隊率ゐて遠く戦ひきみちのく広野村二つ沼のほとり

草いきれしるく漂ふ原の上神機隊の兵ら多く死したり

わが筆の万葉歌碑に並ぶごと「戊辰之役激戦地」の石標《いしぶみ》立てり

二月号

吾見ても久しくなりし槻の幹寄生木《やどりぎ》のごときものまつはりて

朝戸出にわが立ち向ふ槻の木の幹毎に差す白きかがやき
青々と寄生木の添ふ幹あれば呪物のごとく来りて仰ぐ
金枝《ゴールデンバウ》の名にわが知りし寄生木ぞ万葉のホヨと聞きて親しむ
「地球は青い」空飛ぶ声のひびく時地に立ちて踏む足おぼつかな
宇宙とは何ぞ地球をめぐりゆく船に乗る日の吾にはあらじ

三月号

夜すがらに音なき雪の降りしかば斑雪《はだれ》となりて残るしづけさ
小鳥来て梢の雪を散らしたりけやき林の下ゆく道に
この日ごろ外出《そとで》怠るわが脚に新しき雪踏むこともなし
広島菜のやや酸《す》きを食み朝々の心足らひに冬を過ぐさむ

口乾き目覚むる夜半の寂しきにおのづからなる老いを否まず
パリ行きてわが見過ぐししもの一つバルザック像を思ふ何ゆゑ

四月号

授業中脇見せしのみに立たしめて打擲《ちょうちゃく》したり暴力教師
頬打ちし手の痺れ今も感覚す中学教師二十代なりし
耳を覆ひ繃帯巻きて教室に戻りし生徒に吾はおどろく
「先生が殴つたからではありません前から中耳炎病んでゐたのです」
崖のある街のわが宿に夜々《よよ》つどひ歌あげつらひき渡辺直己も
その仲間生きつつ今に歌詠むは坪田孟岡本喜代蔵本村正雄

五月号

エルニーニョのわざかあらじか寒暖をくり返しつつ季《とき》めぐるらし

今日の雲やはらぎてやや光り帯ぶ北国の冬の果てとおもふに

ゆづり葉の今年俄かに枯れゆくはものの命終《みやうじゆう》のごとく寂しき

梅低くマンサクと二つ並びつつ互《かたみ》に久しき花を保てり

影のごと槻の幹高く這ふ木蔦 mistletoe のたぐひなるべし

眠らねど床に臥すのみの偸安《とうあん》にわが老いの日々過ぎゆくものか

六月号

行きずりに見る街上のさくら花夜のまぎれに散り乱れたり

家ごもる日々重なれば散る桜わが手に受けて見ることもなし

今朝の戸を開けておどろくさ緑のなびくがごとし槻の若萌え

咳すれば肋《あばら》にひびく傷みありことしの春のうれひの一つ
過去なべて失ひ去りて今のみに生けりとも思ふ老いのすさみに
影の如身に添ふものをわが知れり運命か何かさだかならねど

七月号

峠みち覆へる楢の木群《こむら》にはひびきて春蟬の声を絶たざる
楢若葉透す光りのかがよひに春蟬のこゑ遠くまた近く
踏みなづみ山刀伐《なたぎり》峠を越えゆきて芭蕉と曾良と出羽《いでは》に下る
ここにして芭蕉をしのぶ若葉かげ石に坐りて握り飯くふ
川へだて向き合ふ高楼の旅館群ここ過ぎて銀山廃坑に至る
山のもの野のもの売れる店あれば憩ふ旅びと手に執り合へり

八月号

錦糸町駅よりバスにめぐらむに明治は遠し左千夫の址も

唯真閣をここと伝へてたどるべき牧舎の址も湿地さへ見ず

蹲踞して茶椀を片手に牛乳をのみたりといふ牛飼ひ左千夫

終焉の址のしるしと高層の団地の中に歌碑をのこせり

柩に縋り声放ち哭《な》きしと伝ふれば幾たび読みて幾たび悲し

普門院の左千夫の墓を撫でながら何を告ぐべきアララギのこと

九月号

海近き原に残れる墓見れば縄文の人もきのふの如し

その命短かりけむ子のむくろ葬《はふ》りし甕を地の底に見つ

幹太く土に立つるは何の祈り抱ふるに余る掘立柱《ほったてばしら》

海のもの野のものを糧《かて》に生くべくは亡びやすかりし命と思ふ

北のくに縄文の里に土掘りて火を囲みけむ沈黙の民

縄文の跡尋《と》めてより登りたり蔦の湯の丘桂月の墓

十月号

照明の小暗き影に仰ぎたり幾とせぶりならむ百済観音

歩み来り佇む吾の目に見えてただおぼろなり背高きみ仏

指に持つ水瓶《すいびょう》一つすがやかに永久《とは》に立たせり木彫りのすがた

腕に巻き垂るる天衣《てんね》のしなやかさ写実を超えし美の簡素なる

いにしへの「美しき魂」さながらに高々と直《なほ》く立ち給ふなり

みちのくにまみゆるは今日を限りとぞ人に紛れて会場を出づ

十一月号

ことしまたわが逢ひ得たり白波の上より直《ただ》に生るる太陽

波のはて茜の色にかぎろひて忽ちのぼるけふの朝日子

太平洋の波をはなるる太陽の直射の光わが面を打つ

夜明けたる岬の上の燈台はなほしろじろと光芒放つ

横穴の古墳の壁に七回り渦巻き文様を朱に描きたり

太陽の表徴として描きけむ朱色あざやかに渦巻きをなす

十二月号

過ぎしものなべて幻過去などはなかつたやうに今生きてゐる

わが未生《みしやう》以前は知らず知らずとも生き永らへてわが齢《よ》過ぎたり

老いてなほ少年の日に返るべくふるさとの野に吾を立たしむ

煮つめたる無花果をひとり食はむとすたどきなかりし日の暮れ暮れに

ゆづり葉の一木《ひとき》忽ち枯れたるは抜き棄てられつわが見ざる間に

みづみづしかりしゆづり葉朽ち果てて今日より空し手にも触れねば

「あをば」　一月号

仙台より二時間金浦《キムポ》空港にわが降り立てりひびく韓国語

敗戦後五十数年なぜ一度も来なかつたのかとわが責められぬ

鰻焼きてもてなされたり噴水の白々として楊柳《やなぎ》なびく宿

詩集一冊女流詩人より給ひたり韓国の詩は今ブームとぞ

売店のチゴリ姿のおかみさん日本語巧みに品を並ぶる

南北の境を分つ板門店わが立つにきびし光る鉄条

空港にて韓国の松茸買ひにけり家の土産はそれ一つのみ

二月号

電気炉に脚のべてまどろむ老身に早く過ぎゆく正月三ヶ日

飽食の世なりといへど七草の淡《あは》しき粥を吾はよろこぶ

眠りやや浅き現身《うつしみ》雪道によろめく足を支へて歩む

北国の冬凌ぐべく伽羅木《きゃらぼく》の枝を吊りたる一構へあり

雪の原遠くつらぬく川の水あざやかに紺の色を湛ふる

夜すがらの雪白々とつづく原紺一すぢの川流れたり
新幹線の窓に見下ろす川ありて一つ支流の注がむとする

三月号

朝々の食事をパンと定めたるその理由《ゆゑよし》を吾の知らなく
横綱のたやすく負くるテレビ見て二階下りゆく夕食のため
夕食の後テレビ見て寝るのみのわが偸安《とうあん》をさげすむべしや
道に倒れ打ちたる腰を庇ふごと身をかがめつつ朝床を出づ
日清役に従軍したる記者子規の迹《あと》を読みつつ今日の日過ぎぬ
従軍の旅の帰り路船中に血を喀きてより子規は病みたり

四月号

北仙台駅の構内よりわが家見ゆ枯れ枯れの槻《つき》の林の隣り

陸奥《むつ》過ぎて出羽《いでは》に通ふ峠なり幾たび越えけむこの峡《かひ》のみち

愛子《あやし》といふ駅名にわが親しみぬここに遊びし沼あることも

作並に岐《わか》れゆく道一つ見ゆ明治二十六年子規の宿りし

冬木立すでに青きもの萌《きざ》すらしこの沿線の残雪の中

峡《かひ》の間《ま》の斑雪《はだれ》の上に立つ木立さびさびとして影を帯びたり

山形へ越ゆる境か駅毎に二月の雪を高く積みたり

五月号

今日の雲やはらぎてやや光り帯ぶ窓より向ふわが空のはて

目の前に高層のビル建ちゆきて空の輪郭狭められたり

ゆづり葉のことしきりに枯れゆくは雪多かりし気候の故か

六月号

連翹の花忽ちに散り過ぎて日毎にものの影深くなる

槻の木の幹高々とそびゆるをわが仰ぐべし萌ゆるさみどり

階段の手摺づたひに下りゆきて急ぐべからず地下鉄の駅

七月号

ひねもすを椅子に凭《よ》るべし無為にしておのづからなる微睡《まどろみ》のまま

午後の日の低く旋《めぐ》りて光さす硝子戸の内にひとりまどろむ

足と腰弱くなりつつ家出でず積み重ねたる本を砦《とりで》に

朝々の森林浴によみがへる槻の林の中に住まへば

槻の木のみどり葉深くなりゆけば梅雨近づくと心とゝのふ
白内障吾のまなこのおぼろなれ近づく人の多く見分かず
鋪道《しきみち》をわが踏む足のさだめなし見ゆる限りのおぼろかにして

八月号
伊藤左千夫歌人、正岡子規門、「アララギ」創始者、大正二年没、五十歳
普門院の晩春にして茂り立つ木立の径《みち》を墓に近づく
再びをわが訪ねたる石一つ左千夫の墓とおもふ親しさ
時古れば文字欠けたるもうべなひて木蔭の墓にしばし佇む
彫りしるく中村不折の筆と知る石を撫でつつ思ふこと多し
終焉の跡と伝ふる界隈に左千夫の歌碑を三つめぐりぬ
牛飼ひの左千夫営みし牧舎趾《あと》巷の中に尋《と》むるすべなし

亀戸に茶室唯真閣《ゆいしんかく》設けたる趾と聞くのみ幻もなく

九月号

海近く曇り深きに縄文の跡めぐりゆくクローバーの丘
海越えて運びし栗の大木をこの原に立てて高床《たかゆか》となす
幹太き掘立《ほったて》柱に支へたるこの高床に何を祀《まつ》りし
舟漕ぎて漁《すなど》りしけむ魚の骨土にまじるを掘りて陳《なら》ぶる
縄文の民ら営みし集落か竪穴《たてあな》あり墓ありごみ捨て場あり
縄文期五千数百年前にしてすでに生活の機構とこのふ
縄文のことば如何なる訛りにや文字なければただに口に誦《とな》へて

十月号

白内障の目をかなしみて近づきぬおぼろの中のみ仏の貌《かほ》

みちのくの展示を限りに法隆寺のみ堂の中に帰り給はむ

十一月号

国道より下りゆくなだり草の香のいきれの中を沼に近づく

小さなる沼一つあり茂り合ふ草の中州は浮島のごと

沼のほとり孤独に立てる万葉歌碑みちのく浜通り草いきれの中

万葉の碑に刻みしは東歌《あづまうた》わが筆の文字深く彫りたる

戊辰戦役二つ沼古戦場の石碑立つその傍らの万葉の歌碑

回天軍神機隊長わが曾祖父ここに戦ひき遠征の果て

わが筆の万葉歌碑と並びたる縁《えにし》をおもふ曾祖父の跡

十二月号

空気枕抱へて夜汽車に乗りし日の思ひ出づるは何のゆゑよし

昭和十七年みちのくにわが降《お》り立ちき氷雨《ひさめ》ふり八つ手の花白かりき

着物のまま小学校に通ひたり祖父の編みたる藁草履はきて

迎春微吟（「河北新報」一月五日）

ささやかな朝の浄福山茶花の花に来てゐる小鳥らの声

沼あればわがめぐり行く森のみち凭《よ》りて憩はむ石一つあり

山の間《ま》の泉尋《と》めゆくわが歩み草の香しるきいきれの中を

両の脚海に立てたる虹の輪のそのゆたけきを眼前《まなかひ》に見つ

わが住みて拙《つたな》き国と思へども声あり「青く美しい地球」

「短歌四季」（春35号）

「青い地球」と電波の声の聞こゆるに吾は愚かに地の上に住む

冬の雲乱れむとして微光あり空のはたての夕まぐれ時

眼薬をさしてこぼるるを拭はざり孤独の思ひありとしもなく

寄生木の歌（「短歌」五月号）

暖房《ヒーター》の気流の下に吾は寝てのみど乾けば水をのむなり

わが生の臨界をいつと知らなくに眠りを覚めて朝の飯くふ

雪凍てし坂に滑りて打ちし背の傷み去らざるふた月余り

息すれば肋《あばら》のうらの傷むなりわが骼《かばね》すでに崩《く》えむとするか

大雪を怖れて遠く出でざれば靴にわが踏む足の衰へ

浜木綿の鉢を書斎に囲ひたり日の届かねば葉を垂れしまま

槻の木の林を遠く明るむは雪の上冬の靄立てるらし

冬の靄なづさふごとしこの見ゆる槻の林の幹を包みて

元の幹枯れて青々と繁りたる寄生木《やどりぎ》の下に今日も来て立つ

Mistletoe 寄生木を霊と称《たた》へたり北欧の民も万葉びとも

幹に添ふ寄生木を影のごと思ふ影はすなはち命ならずや

雪の原青々と翳る時のありいづくともなき北のふるさと

故郷喪失かと思ふまで老いさびて川に沿ひゆく吾の幻

「低く鋭く遠く」雪の空をとぶ橇のみならじ吾らが歌も

身辺偶作（「短歌研究」五月号）

翻り飛び去るものをわが見たり夢とうつつの識閾にして　Ⅰ

うしろより近づく如し追ふ如しその実体を知ることもなく

手に支へ次いで足より立たむとす身はおのづから老残の一軀

藁草履穿きて小学校に通ひにき刈田渡るを近みちとして　Ⅱ

風呂敷に柳行李の弁当と教科書包みて通ひけむもの

オルガンを弾かず調子はづれの口移し音楽の男の老先生は

音程のはづれし先生に習ひたる唱歌は吾を音痴ならしむ

頌（「はしばみ」五十周年記念号）

五十年おろそかならぬ移ろひぞつらぬきたりし命を思ふ

たゆみなき歩みをここに印したりさらに恃まむ次の世紀を

アララギは滅ぶといへど下つ毛の「はしばみ」の光絶ゆる日なけむ

頌（「黄雞」五十周年記念号）

みちのくにはぐくまれたる「黄雞」のこの喜びはもろ人のため

半世紀その営みをつなぎつつ今日ある栄《は》えを吾はたたへむ

茂吉追慕の歌に親しみし運営委員斎藤勇のしきりに恋ほし

序歌

歌集『峠道』（麻生慶太郎）

林檎畑にいそしむ君を歌に知る歌はすなはち生活にして

みちのくの農を営む生涯をすべて尽くして君の歌集あり

うかららと共に働くよろこびや君のきびしき生をたふとぶ

歌集『梅花藻』（小沢令）

その性《さが》をさながらにして君の歌すがすがしきを吾はたふとぶ
相共に国の内と外旅行きし日々の思ひのよみがへるなり
亡き人を偲ぶ折り折りの歌の中生きて夫君《つまぎみ》いますが如し

歌集『五葉集』（三浦瑞子）

つつしみて寺守りに生くる境涯におのづから成りし眞実の歌
置賜に君あり君の歌集あり歌はこころの影といふべく
仏蹟を訪ねめぐりし旅の道風土も人もさながら詠みき

歌集『林檎の花』（藤原徳男）

培ひて林檎の園に生くる君その歌に知るゆたかなる実り

林檎植ゑてうからと共に働くを喜びに君の歌あり命あり
一すぢのつらぬく叙情労働の中より出でて生活を超ゆ

歌集『てんぷらぼうし』（奈良東一郎）

その命かがやく如しみちのくの豆腐づくりの歌びと君は
なりはひにひたすら生くる君にしてこの歌集あり天のたまもの
君の住む花輪の里を吾知れりここに生まるる歌を讃へむ

群山歌会

東京歌会

草茂み道を狭めてなだりたりなづみ越えけむ山刀伐峠
見るにさへ稀となりたる母の夢吾の背向《そがひ》を走り過ぎたり

八月歌会

梅雨長く冷ゆる夜毎をかこちをり腹痛みてより心哀ふ

九月歌会

秋づけば腹痛む習ひわびしみぬ若かりし日も老いたる今も

十月歌会

雲多き国より出でて日帰の旅に下り立つ秋晴れの街

斎藤茂吉追慕大会（第二十四集）

白秋の葬《はふ》りに君に伴ひき仙台へ赴任の前の日にして

明治記念綜合歌会

腹痛みてはかなかりけるこの日ごろ梅雨晴れずして秋となるらし

即作（鹿島町公民館依頼色紙揮毫）

いにしへの真野は心のふるさとか空広くして川清らなり

真野川を渡りて行けばいにしへの丘あり万葉の跡と定めつ

北上川河畔即詠

葉ざくらの影しづかなる川の宿今日の集ひの楽しかりけり（枕流亭）

花過ぎて若葉しづかになりにけり北上川のさくら並木は

ふるさとの如く恋しき北上の川のほとりに葉ざくらを見る

平成十一年（一九九九年）

「群山」

一月号

ひねもすを椅子に倚りつつ或るはづみよろめく足にわが立たむとす

飲む水に咳く癖ありと寂しめど常の日記にしるすことなし

流星群なだるる空も見むとせず布団重ねて眠りもとむる

二三冊読まむと思ふ文庫本あれど書店にも行かずなりたり

穿く靴の緩きにややに踏みなづみ夜の風吹く巷を帰る

暖房に草の鉢一つ取り込みぬ吾と浜ゆふとの冬ごもりにて

二月号

たまものの干し柿に思ふ幼くて軒に吊しし影に育ちき

幾宵か「きりたんぽ」をわが夕餉とす牛蒡の味は故里の如
階段まで本積み上げて何せむに崩るるその日待つにもあらず
齢八十越ゆれば自分のやりたいやうするのが最善の養生といふ
窓あけてくりかへす朝の深呼吸森林浴か何かは知らず
目の前に直立《すぐた》つ槻の太き幹相向ふのみによみがへるもの

三月号

遠きより寄せくる波の如きもの己れの生《せい》をひたして過ぎむ
常の如電気毛布に灯をともし眠りに入らむ足を抱きて
食欲のありもあらずも朝起きて卓の上に置く麵麭の一片
新語多き広辞苑第五版買はざりき流行語など知らずともよし

教室に待ちて西鶴を読みし日よその文体をあげつらひつつ
西鶴の輪講より帰るさ夜ふけの焼跡の街雪白かりき

四月号

冬空の青きに枝をさし交はす槻の林の下径に立つ
とどろきの如くひびきて槻の木の梢なびかす冬の疾風《はやて》は
根を張りて笹茂り合ふ丘のみちやや衰へしわが脚に踏む
つまづきて笹の茂りを越えゆけりいくばくか残る脚の力に
年どしに雪の中より蘇るアカンサス日本の土になじみて
枯れ枯れてなほ咲く花を日毎見る幽《かそ》かなるもののまんさくの花

五月号

わが読まむものを自ら限りつつ今より後《のち》をいかに生くべき
振り向けばテレビあるわが書斎にてコマーシャルの科白《せりふ》もいつか覚えつ
父逝きて柩収めし暗き堂冥界《よみ》のごとしと幼く思ひき
わが未生《みしよう》以前の記憶にて日露役旅順攻略に父戦ひし
或る日わが庭にさらぼふ狸見き折り折りにして思ひ出づるに
わが手より糧《かて》食ひてたちまち裏山に遁れし狸の行方を知らず

六月号

走ることとすでに能はぬ老いの脚胴体ひとつ辛《から》く支へて
枯れしかと危ぶみたりし木蓮の花おそくして忽ちに過ぐ
這ふごとく垣に咲きたる連翹のしばし明るしわが出で入りに

川沿ひにさくらの花のまじりたる木の間を透きて淀湛へたり
七分咲きのさくらの並木暮れゆかむ今日の曇りの光淡きに
丘の陰山ざくら咲きてひそかなる谷の小径を吾ひとり知る

七月号

この径の茂みがくりに咲けるものわが待ち待ちし棕梠の花房
棕梠の木の花房すでに素枯れしを行きずりにして吾の手に触る
雪残る月山《がつさん》に向ふ一すぢの道狭くして並ぶ湯の宿
軒迫る湯の宿のみち山菜をゆたかに積みぬ旅びとのため
はざま路を廻《た》みて流るる銅山川《どうざんがは》白々とたぎつ青葉のひまに
肱折《ひぢをり》の湯の湧く丘の歌碑ひとつ茂吉の歌を深く刻める

八月号

わが骨の傷に応ふる梅雨の冷え眠らむとしてコルセット外す

コルセットに老体の背を包むべし欲も得《とく》もない現身《うつしみ》にして

わが庭の梅の低木に多かりしことしの青実袋に拾ふ

この夏の吾と妻との飲むものに梅の実漬けて醸《かも》す日待たむ

今年また咲くべくなりしアカンサス長き花梗の日毎色づく

アカンサスの咲き昇りゆく花待ちて硝子戸の内に病みながら臥す

九月号

二つ三つ啼くにわが知る小鳥あり森の梢のほがらなる声

梅雨過ぎて黒々と茂る森の中ひそむは人間吾れと小鳥と

森の上透きて見ゆべき月蝕も白内障に見とどめかねつ

読む本を買ふあてもなきこの日頃新しき書店の前過ぐるのみ

心臓死を人間の「死」とうべなふにリレーの如き移植危ぶむ

空渡る爆撃の音絶えずして地の上につづく流浪の民ら

十月号

咲かざりしことしの鉢の浜ゆふの葉をそよがせて風立つ夕べ

目の前の屋根の濡るるは霧かとも思ひし雨の降り過ぎにけむ

わが腰の骨を病めればおのづから痺るる脚のたどきもあらず

脚のみにあらず腕にも及ぶらし骨の傷みは物書かしめず

約束の原稿多く後れたることわりさへも書きなづみをり

定見なき政治屋にまかせてよいものか一国の運命をもてあそぶ勿れ

十一月号

暑さ過ぎ雨のつづけば冷えまさる夜の布団を一つ重ねむ

西方に台風ありと告ぐる声近づくものを待つにもあらず

台風の向き変へて海に去りたりとニュースに聞きて原稿を閉づ

痺れたる足にしばしば立ち止まる辛うじて今日戸の外に出づ

背の骨の傷みに足の痺るると日記に書きぬ書きて何せむ

失はれし記憶の欠落補はずわが残生をみづから知れば

十二月号

中州より二分《ふたわか》れゆく水の照り支流は常に静かなるもの

波立てず支流の注ぎゆくさまを一人のみ知る風景とせむ

この川の畔《ほとり》に生ふる葦むらはみなぎる水に没するごとし

岸のなき川と言ふべしただざまに水に浸りて葦茂り立つ

道の隈わがめぐり行く折り折りに葦の間透きて光る川見ゆ

この川をさかのぼり行かば清らなる　原　水《ウルゲヴエッサー》　あらむ係恋のごと

「あをば」

一月号

久しかりし便秘やうやく収まるを喜びとせむ今日の目覚めに

高層のマンション建ちて吾の見る限りの空を半ば覆へり

二月号

電気毛布にぬくもれば眠り安らかに夢みることも稀々にして
朝々の新聞に知る人の訃を己が齢《よはひ》とくらべて読みぬ
足と腰弱れば歩みたどきなし遠き旅などすでに思はず
白内障の手術をせむと予約して幾月経たりたゆたふ心
欠けし歯を補はむわがもくろみも空しく年を越えむとするか
ただよひて降る雪見れば甍《いらか》にも軒にも融けて積ることなし

三月号

きさらぎに入りて寒さの返りたる幾宵々を早く寝むとす
風邪ひきし己《おの》がからだをいましめて風呂に入らざるこの二三日
朝起きて深呼吸する習はしに老いの力のよみがへり待つ

重ねたる仕事あと廻しにする癖の何の怠りわが常にして

四月号

寒と暖交々《こもごも》にして定まりし今日の日和に梅だより聞く
裸なる高木の枝をしひたげて夜すがらの風とどろき止まず
とどろきて槻の梢を揺する風わが待つ春の音ともおもふ
メタセコイヤ茂り並み立つ大学の構内行くにはや寒からず
わが庭の低木の梅の咲く見れば小さかりけり花も蕾も
わが腹をいたはりて飯を少なくす食ひたきもののありとしもなく
痒《かゆ》ければ掻かざるを得ず夜の床に吾の手挙げて届く限りを

五月号

わが窓にややに近づく狸ありさらぼふ歩みいづくより来し

たゆたふが如き歩みに隈笹《くまざさ》の茂りに狸かくろひ行きぬ

わが庭の木草の枯るることわりを知ることもなし老いさぶる日々

わが足の衰へを知る昨日《きのふ》今日《けふ》ひとり嘆きて人には言はず

足萎《な》えて老いをみづから知ることも致し方なし業《ごう》といふもの

今さらに若かりし父の死をおもふその倍の長きを生き永らへて

六月号

みちのくの行方郡《なめかたごうり》真野の里万葉の世を今にとどむる

故里のごとくなつかしみちのくの真野の古径《ふるみち》わが歩みつつ

真野川に沿ひつつ行けばみちのくのいにしへ人に会ふかと思ふ

幾たびか古墳の壁画訪ねきて万葉の真野をここと定めつ

真野の里横穴古墳をさぐりたる君も吾さへ若かりしかな

繁かりし萱の跡だにとどめねど万葉歌碑一つしるしとぞする

万葉の真野の草原《かやはら》偲ぶべく今年また来つさくら咲くころ

七月号

槻の木の茂り茂れる葉づたひに雨のしづくの音聞こゆべし

槻の木のみどりの風にま向ひて朝の心をととのへむとす

槻の木の幹にまつはる木蔦さへ親しきものと日毎仰ぎつ

ほしいまま伸びゆく槻の高き枝風になびきて打ち合ふ音す

骨病めばコルセットに身を支へつつ辛うじて上る二階の部屋に

コルセット巻きていたはる腰の骨わが踏む足も弱くなりたり
足弱くなれば踏み入ることもなし槻の林の茂りの中に

八月号

梅雨長く外出《そとで》せぬ日のつづきたりルノアール展さへわが諦めて
浜ゆふはことし咲かぬか鉢植の土も久しく替へざるままに

九月号

重苦しき骨の痛みに堪へをれば吾の立ち居のたどたどとして
寝る時に外せるコルセット朝毎に身にまとふ習ひはや三月《みつき》なる
腰椎の陥没といふに骨ひびき身の起き臥しに応ふる如し
やうやくに秋となりしがなほ残る暑さは吾を懈怠《けたい》ならしむ

物書きて手を動かせば骨にさへひびきて怠りの日々つづくべし

ガラス戸の外にひねもすみどり葉の靡かふ見れど風は届かず

食欲も乏しくなれば朝のパン一切れにして吾の胃は足る

十月号

台風の向き変へて海に去りたりとスイッチ入れしニュースに聞きぬ

ことしの秋早きか遅きか知らねどもわが病む骨のいまだ癒えざる

年どしのことなりながら木の暗《こくれ》に曼珠沙華咲けり蘇るごと

木の下の暗きに一群の曼珠沙華咲けばわが庭とみに秋さぶ

十一月号

大川に支流の注ぐ一ところ中洲《なかす》は水を二つに分つ

波立てず流れくる水いつしかに川の本流に交はらむとす

十二月号

街角の映ゆる紅葉を見るのみにことしの秋の過ぎむとすらむ
山深く紅葉尋ぬることもなく移ろふ秋を家ごもりする
見るものもなきわが庭にホトトギス幾もと咲けり茎乱れつつ
高々と建ちしマンションに遮られ向うの丘の見えずなりたり

年頭偶作 （「河北新報」一月三日）

わが足に靴なじまねど新しき年の始めの土踏みて立たむ
雪に照る朝のかがやきおのづから生まるる如し直接にして
水平線に赤くまどかなる太陽の直射の光り吾に迫り来《く》

なだれつつ空に乱るる流星群窓を閉ざせば見ることもなし
幹の上高くまつはる木蔦あり寄生木《やどりぎ》のごとき命保ちて

北の人（「短歌現代」一月号）

戦ひに暗き夜汽車にわが乗りて末知らぬ北の街へ向ひき
空気枕に背を凭《もた》せつつ眠らむに夜すがら寝《い》ねず煤ふる夜汽車
氷雨《ひさめ》ふり八つ手の花の白かりき停車場に降りて北の人となる
流亡のごとき思ひも去りがてに北べに住みて半世紀超ゆ
空遠く在りつつ偲ばむ故里の人も木立もまぼろしをなす
ふるさとは墓残すのみ幼くてわが踏みゆきし村の道ありや
野の上に一つただよふ黄の蝶の夕かげにして行方さだめず

毛布重ね寝《い》ぬるに冷ゆる夜のくだち眠るともなしまなこを開けて

多く読まず多く書かざるわが日々を虚《むな》しと思ふ又足らふとも

老いてよりなほ伸び易き足の爪ひとり抓《つ》むべし今日のつれづれ

ふあんどしえくる（「短歌」三月号）

取り出でて夜毎わが飲むドリンクか口乾く老人の癖となりたり

湯に入りて早き眠りを待てるのみもの書くも読むも心に添はず

電気毛布にぬくもれば安き眠りあり脚冷えやすき冬といへども

十時間長き睡眠を常として夢多ければ疲るる目覚め

たはやすく生き残りなどと言ふ勿れこの世紀に生まれ辛《から》くして老ゆ

今世紀百年のほぼ九十年生きて残るべしこの胸の傷痕

国敗れ漂ふごとく永らへし吾を容《い》るるや来《きた》らむ世紀

若き日に同人誌の小説にわが読みて知りたる単語 fin de siècle

戦ひのさ中「世紀末《ファンドシエクル》」と口ずさみ来にけむものを終《つひ》の日となる

一夜にて朽《くた》ち枯れたるゆづり葉の一木惜しまむ亡き人の如

夕べ見て朝また向ふゆづり葉のみづみづしかりきわが目を去らず

亡びたる草や木にまつはる思ひかなこの狭き土に生《おほ》したるもの

風花の散らふたそがれ槻の木の林を出でて遠く歩まず

透明の冬の空気と思ふなり白山茶花の咲くところにて

メタセコイヤ（「短歌研究」五月号）

日照りつつ風花の散る槻のみち出で立つことも稀れ稀れにして

着物ながら靴はきて暗き道に出づ最終便の夜のポストまで
打ちつけてたやすく皮膚のあざとなることさへ佗し老いといふもの
学園は今日休みなる冬日和メタセコイヤのさびさびと立つ
教室の壁に沿ひたる一列のメタセコイヤ淡し樺いろの幹
講義ありし日の如ひとり歩みゆく人げなき教室の窓の下の道
研究棟のわが部屋たりし窓ならむ遠く見行くに夕日を反す

老いの形　（「短歌往来」六月号）

きさらぎの或る日一人の死を伝ふ反ファシズムに生きし老哲学者　（久野収八十八歳）
旗のもとスクラム組み共に闘ひし滝川事件思ふ遠き日のこと
思ひ出づる機動隊の群に追はれつつ星空の夜に君も在りしか

権力に手《た》向ひ若きこころざし遂げし人の死をひとり弔ふ

低気圧通過せしとぞ夜くだちに降りたる雪のはだらはだらに

土に立つことも少なくなりたりと衰ふる脚を諾ふものか

夜の冷えに身を屈めつつ横たふを老いの形とみづから思ふ

波に寄せて（「短歌春秋」71号）

青白い夜光虫の燐光乱しつつ波に泳ぎし少年吾は

街川のうしほの下り逆巻ける波のまにまに溺れむとせし

枯れ芦をひたして岸にみなぎらふ北上川の波の反照

「短歌四季」秋号

何待つといふあてもなき老身の骨病めば今日はコルセット巻く

枯木立の中に椅子に凭《よ》る老いし人小説の人かうつつの吾か
落葉散る木椅子の上に睡れるは「フオーサイトサガ」の老主人らし
森に棲む者（「短歌朝日」十一・十二月号）

我聞くは呪文の如き茂吉の一言「蝶なんか歌に詠むこと勿れ」
甘美なる抒情否定の禁忌《タブー》とも茂吉は「蝶」を除《しりぞ》けたりき
歌集よりわが拾ひたる「黄蝶ひとつ」茂吉でも作つてゐたではないか
森の上を黒き蝶一つたゆたひて飛びゆく見たり魂振《たまふ》りの如
夏蔭の濃き森高く越ゆる蝶わがまなかひにかかるまぼろし
黒々と茂り茂れる森の闇ひと夏をこもる蝶と吾と小鳥
洞《ほら》をなす森の暗きを宿として小鳥と吾と呼び交はすなり

森こそ共生の境域《トポス》小鳥らは人間の吾のために啼くらし
遥かなる韃靼海峡を越えゆきしかの蝶の行方知ることもなし
追憶の霧の中より歩みくる一つ影ありつねに幼く
老いゆくは幼きに復《かへ》るか草の中道の上少年の吾を立たしむ
沼ありき小学校の帰るさに蒲の穂採りて手《た》ぐさにしたり
二〇三高地に兵士の骨片拾ひたり踏みて崩るる砂の下より
ロシヤ軍の機関銃の下に伏しながら命まさきく父生還す
日露役に命生きし父誘《おび》かれし如ふたたびを旅順に戻りき
博物館のカーテン暗き中に見つ大谷探険隊発掘の木乃伊《ミイラ》
黒々と朽ちて横たふ木乃伊《ミイラ》二軀生くる日の限り残像となる

小官史の父に長男として生まれしが若かりし父を早く喪ふ

父の骨抱へて海を越えしかば生まれたる旅順遠ざかるべし

父死にて海渡り母国に帰りしがよみがへる心のふるさと旅順

わが住みし白亜の家のありといへど老いのさだめは易く行かしめず

梅雨の日々湿り多きに疼《うづ》くらし打ちて傷つきしわが腰の骨

身に近きものをわが手の頼りとし立ち上るなり朝の目ざめに

痺れたる如きわが脚いたはりてひねもすこもる梅雨の二階に

数々の手紙の返し怠りぬ骨病めば手さへうとましくして

アカンサス栄ゆる花も二階より見下ろすのみの梅雨のわが日々

コルセット外してうつし身横たふる夜床の上に通ふ風あり

多く亡き同窓の友に残れるは腰なづみつつ杖に立つらし

その詞《ことば》その調《しらべ》誰れか唱ひ得むまして戦ひの火を知る吾ら

「君が代」の意味を僻《ひが》めてあげつらふ政治屋なべて日本語を知らず

法により強ふるは非なり戦ひの日の迷妄を君ら知らずや

川戸追想　（「新アララギ」一月号）

敗戦の前と後川戸を訪ひしかば草の実摘みて道びき給ひき

敗るるを予《か》ねて知りけむ言挙げて告《の》らしきもう文化しかないね

一つ蚊帳に寝《い》ねて語りき繰り返す憂ひはただにアララギの行方

湧く水の泉のほとり佇みて見送り給ひし一つまぼろし

青い毬《いが》を見て秋の来るのを楽しんでゐます敗戦の八月二十五日文明の葉書

序歌

歌集『庭の四季』（菊地春雄）

みちのくの風土に根ざす歌ごころひたすらにしてとどこほるなし
庭の木や草に心をくばりつつ歌に写せり心象として
歌びとの名のみにあらず「群山」を編みて努むる君のいさをし

歌集『きさらぎ』（渡辺アヤ子）

さやかなる生誕の月「きさらぎ」ぞ君の歌集の名にふさふべし
つつましく美しきものみちのくのをみなの命さながらにして
「群山」に拠りてひたすら努めたる君の歌境のさらに拓かむ

歌集『定盤』（川村和夫）

家さかり君の働く北の国南の国を歌に尽くせり
労働と人を歌ひてきびしかるうつつに遊ぶ山と水と花に
生み給ひし母と副ひたる妻ありて君のまことの歌を支ふる

歌集『峡の道』（千葉親之）

野に山に君の歩みの健やかにおのづから成るみちのくの歌
峡の道に佇む人のすがた見ゆいづれも君のおもかげにして
山深き会津に住みて君の詠む歌のひびきは木魂のごとし

歌集『樹冠』（瀬戸忠頼）

きびしかる機構の中に働きて生活と自然に詠嘆深し
野に出でて草と木と花尋ぬるを習ひに新しき歌境を拓く

蚕飼ひせし父母の家を懐ふにもふるさとはつひに歌のみなもと

『福島群山合同歌集』

人も世も木草の花も歌ひつつ努めつとめて成りし歌集ぞ

福島の友ら集ひて築きたる歌の世界のかがやきを見よ

斎藤茂吉追慕歌集（第二十五集）

白壁の蟬を詠みたる君の歌偲びてふるさとの蔵を仰ぎぬ

明治記念綜合歌会

コルセット巻きてわが臥す床の上白露の今日の風を入るべし

平成十二年（二〇〇〇年）

「群山」

一月号

散り溜る露台の上の槻落葉さながら早き冬に入るらし

一しきりたゆたふ落葉散りやまずわが向ふ窓の硝子を打ちて

とめどなく落葉散らしめし槻の林周期のごとき沈黙に入る

農学部の塀に沿ひたる並木みち黄なる銀杏を見通しにして

黄に照りて並木の銀杏明るかりわが行く今日の道すがらなる

腰の骨病めば衰ふるわが足に落葉の坂を踏みなづみ行く

二月号

点滴の管に繋がれて臥せる日々この世の埒の他とおもはむ

十日余り食絶ちて身を保つべく点滴の管の下に眠りぬ

雪降ると朝の人ごゑ聞こゆれど窓の明りに知りて臥すのみ

むら肝を清からしめむ医師《くすし》の手その鋭きをただに恃みぬ

病院食に冬至南瓜の出でしこと日本の冬の移ろひを知る

三月号

低気圧予報のままに凧出でて吹き上げざまに落葉を散らす

ヒーターを入れて宵々こもるなり寒さ怖るるは骨の傷のため

麻酔効きし全裸を手術台に置く医師《くすし》のメスにただ恃むべく

断腸の思ひとは修辞に過ぎざらむわがはらわたをメスは断ちたり

かく老いてはらわた断つと思ひきや八十余年耐へ来し群肝《むらぎも》

四月号

みちのくの雪と知るべく外燈のひかりの中にたゆたひて散る

病みてよりかへりみざりし浜ゆふの鉢枯らしめつ雪の露台に

ベッドより下りて朝々向ふ卓少しづつ食欲立ち返るらし

背の傷みすなはち脚を痺れしむ吾の歩みのたどたどとして

もとめたる杖曳きて外出《そとで》せむ時の暖かき日和吾は待つべし

葉の落ちし槻の木末のやうやくに明るむごとし「雪のち晴」の日

五月号

春の雪と思ふはだれの融けやすし北向きの庇にやや遺《のこ》りたる

待ち待てる花の一つぞまんさくの咲く花乏しわが窓の外

希臘より渡来のアカンサス萌ゆる葉を見れば日本の雪に滅びず

手の指の傷に薬を塗りながら春寒き日を家ごもりをり

手術より立ち直りたるしるしとぞ伸びやすきわが指の爪切る

今しばし杖に頼らむわが歩み家より出づる狭き範囲に

六月号

病みてより夢見る多し現実とかかはりのなき何の幻

深層の渕より生まるる夢といふ病みて見る夢切れ切れにして

醒めてより夢の脈絡辿らむにその後先きのすでにおぼろに

わが夢に占ふものもあらざらむ病みての夢のいづれも淡き

小鳥らに水置きてわが片待つに稀れ人のごとひよどりの来る

椿咲きれんぎよう咲きてわが春の定まれば病む脚に立つべし

七月号

朝よりの予報さながら雨降りて濡れたる土に椿散りたり

椿の蜜吸ひて飛び去るひよどりは据ゑたる皿の水かへりみず

卓の上のトマトをつつくひよどりに従ふ禽《とり》をひたすらに待つ

馬酔木の花すでに朽《くた》ちて晩春のみどりの光明るくなりぬ

杖捨てて歩まむに足たづたづし石あらば凭《よ》りて憩はむものを

レントゲンの映像にしるき動脈瘤わが残生に伴ふ影か

八月号

「眠りとは小さなる死」と読みしより吾は待つべし夜毎の眠り

わが残る限りを予《か》ねて知らざれば今在るを生の終極とせむ

本買はず本を読まざる習はしに老いを諾《うべな》ふ心ともなし

骨撲ちて腰の痺るるわづらひも傍観のごとく過ぐるわが日々《ひび》

死亡通知も宛名書きさへ自からの手にしたためき享年九十九

背を向けて板書し給ふまぼろしよ七十年まへの君若くして

九月号

むら肝の機能衰ふることわりに腸断ちてなほ動脈瘤あり

腸病めば身の衰へを知るのみにことしの早き秋をひた待つ

原爆の日をおのづからつつしみて亡き名呼ばはむ魂返るべく

原爆に崩れし街をさすらひきわが知る広島の土ならざりき

沼ありて木蔭涼しき水の辺に佇みゐたり夢の中なる
夢の中の象《かたち》に見えて沼のほとり立てるは誰れか或いは吾か

十月号

わが脚の老いの衰へ夏の日を海に山にも出でて遊ばず
俄かなる冷えを夜床に覚ゆなり病ひ多かりし夏去りゆかむ
吾の棲む森の繁りをなびかせて夕べ生まるる風を待つのみ
槻の木の葉むらを潜る影に見て小鳥ら多く来る日とおもふ
年どしの習ひに送り給ふもの祇園祭りの鉾のちまきを

十一月号

病室の広き窓より仰ぐ空さまざまに秋の雲崩れゆく

片々の雲移りゆく窓の外病む日々に知る吾の外界

窓よぎる鳥の影なき空見つつこの病室にくぐもりて臥す

手術の日ただ待つのみに過ぐる日々心きほふといふにもあらず

考へず読まず書かざる一日を長しと思ふ病む床の上

老いたりといへどわが身をはげまして肺の手術の近づくを待つ

十二月号

岩手より届きし龍胆《りんだう》と松茸と二つながらよし秋のたまもの

扇畑といふ部落ある安代《あじろ》町家ごとに龍胆の花を培ふ

安比《あっぴ》川に沿ひたる狭き部落にて扇畑公民館の建てる親しさ

蔓ながら木通《あけび》の実幾つ供へたりことしの子規忌いつか過ぎつつ

木通の実割れてことしの秋深きしるしと思ふ壺に活けたる

秋と冬時の旋《めぐ》りの早かりき病めれば土に立つこともなく

「あをば」

一月号

蜜多き信濃の林檎を惜しみつつ日毎食ひたり友のたまもの

紀の国の珍《うづ》の蜜柑をかぐはしみわが宵々の心なぐさむ

否應もなく運ばれし一劃の壁白き部屋救急センター

管づたひ点滴の液落ちくるをただ仰ぐのみベッドに臥して

点滴の量多ければおのづから尿しげくなる致し方なし

テレビ見ず新聞読まず物書かずこの入院の稀れなる日々に

救急の病室に過す昼も夜もこの世を遠く距つるごとし

二月号

麻酔して腹ひらき臓断つ苦しみも傷みもほとほと知らず過ぎたり

手術前後の意識はすべて欠除せり縫合されて後目ざめたる

アメリカでは八十歳以上の老体は手術せずといふ老朽なれば

断腸とはただの修辞にあらざりき医師《くすし》のメスははらわたを断つ

二〇〇〇年新しき年に病める身のよみがへる日を吾は待つべし

三月号

外燈の灯影《ほかげ》に見えて散らふものみちのくの冬の風花と知る

露台より浜ゆふの鉢収めむと思ひしままに病みて怠る

四月号

冬枯れし枝に年毎よみがへる黄の色淡《あは》きまんさくの花

病ひより立ち直りたる日々にして溜りし新聞の切り抜きをする

五月号

わが行きて幾たび見たる臥竜梅ことしの花の散りか過ぎなむ

桜より梅を好みしいにしへの雅《みやび》を万葉の歌に知りたり

大陸より移しし梅の花の下大宰府の司《つかさ》ら歌詠み競《きそ》ひき

底ふかき潜在意識より生まるるか夢の深渕を知ることもなし

六月号

今日の降る雨に濡れたる椿の木葉交ひに紅き花つらねたり

杖つきて外出《そとで》せぬ日々わが脚の衰へゆくをおのづから知る

わが腸の手術の跡の癒えゆくにレントゲンに知る動脈瘤一つ

動脈瘤の手術はいまだ要せずと医師のことばに吾は恃まむ

七月号

波立てず朝の日に照る北上川大き流れを窓下に見つ

たまものの信州高遠の饅頭に人のえにしをしみじみ思ふ

わが母の二十七回の忌営みぬ一族のみの法要にして

本堂の広きが中に十幾人わがうからのみ片寄りて坐る

九月号

腸病みて衰へやすき身とおもふ老いのさだめといふこともなく

若くして多く病みしが永らへて今ある命おろそかならず

宵々の眠りも人の死と異ならず死は覚むることなき眠りにて

手の甲に血脈浮くをさびしみぬ老いのしるしと人ら言ふとも

地震《なゐ》の揺る南の島をおもふなり海の底ひの火の怒りとぞ

梅雨明けて俄かに暑き日の照りに森に生まるる風さへもなし

葉のさやぐ森に隣りてわが居れど今日の暑さは風を起さず

十月号

雲のほか鳥影もなき空見えてこの病室の窓の内に臥す

ＭＲＩの長き検査に疲れつつ車椅子で帰るわが病室に

肺の手術ただに医師《くすし》に恃むべし老いしといへど吾の身体《からだ》ぞ

十一月号

遥かなる古代扇畑を名のりたる豪族の跡を地名にとどむ

縄文の民ら住みけむ山の峡獣《かひしし》追ひゆきてここに屯《たむろ》す

十二月号

新しき世紀に生きむわが命なほあざやかにあれとぞ思ふ

動脈瘤なほ残れども老身の清々《すがすが》としてあるべきものを

槻の林色づきくれば傾きし夕日に照りて梢あかるし

そそり立つ槻の林に標《しめ》立てて測量の人らしげく行き交ふ

蘇生の歌（「河北新報」新春詠）

壁白き病室に臥してわが生《せい》のよみがへり待つ何の祈りぞ

二〇〇〇年新しき日を迎へむと手術に恃《たの》む身を滌《すす》ぐべく

点滴に繋がれて命一つあり新しき世になほ残りつつ

さだめなき運命のごと窓の外流るる遠き雲を見てをり

我れ生きて在りとぞ思ふ喜びにさらに賛《たた》へむ新しき未来

境を越えて（「短歌」一月号）

「感情は原水《ウルゲヴエツサー》の動揺」と詞人言へりたとふれば立ち騰る泉のごとき

原水を索《もと》めさすらふ思ひかな在りとしもなき吾の閲歴

父の齢二つ重ねて今に老ゆ残るわが生《よ》の限りも知らに

二〇〇〇年境を越えて命ありなほいくばくを生きるつもりか

種々《くさぐさ》の花朽ちて残るホトトギス今日のしぐれにたゆたひて咲く

照り翳り（「短歌現代」一月号）

黄の色に夕べの雲の乱るればやうやく寒しわが窓の内

降る雨にぬれそぼちたるホトトギス茎たをやかに黄昏《こうこん》の中

わが向ふ槻の林に降るしぐれ幹の片方《かたへ》のみ濡れしめて過ぐ

木に残る一枚の葉の照り翳りわがまなかひに明暗をなす

横穴の古墳を幾つくぐりゆき逢ふこともなし遠き死者らに

玄室のはかなかりける闇の中死者ら象《かたち》をすでにとどめず

掲げたる灯に浮きて照る女人像壁に朱描の跡あざやかに

玄室の壁にするどき線刻の人と馬とを手になぞりたり

腰の骨病みたる吾と脚の骨折りたる妻と老いたどきなし

吾を呼ぶごとき幻聴に夜半覚めて床に起《た》ちたり骨病みながら

冬の構図（「短歌往来」三月号）

蜜多き信濃の林檎夜毎食ふわが残年のよろこびとして

葉を残す柚子の実卓の上にありわが冬の夜の構図の一つ

夜もすがらひねもす点滴の管繋ぎいのち養ふ救急病棟

とめどなき点滴を身に受けながらただ眠るのみ仰臥三昧

食断ちて点滴に生くる日々なれどすでに身すがら浄まる如し

うつし身は空洞のごと腸壁をつぶさに辿る内視鏡《カメラ》の爬行

さだめなき仮り住みの身と思へども新しき世紀に追ひ及き得たり

杖ありて（「短歌研究」五月号）

「雪のち晴」空気なごめる夕暮れに枝低くして梅咲ける見ゆ

相並ぶまんさくと梅の花咲きて苑べ明るしその白と黄と

意識なく手術台にありし数時間醒めてより知る腑《ふ》分けの跡を

はらわたを断ちてよりなほ立ち直る自らの力恃まむものぞ

生涯のただ一度の休暇とも思ふ病みて怠りしこの三月《みつき》ほど

病みてより土踏まざるに季旋《ときめぐ》り青みわたれりわが窓の外

杖ありて吾の歩みを支ふるになほ踏みがたし石多き坂

梅雨前後（「短歌新聞」八月号）

ゆくりなく歩み来りし崖の道白あざやかにドクダミの咲く

崖の下群がり生ふるドクダミの白花しるし梅雨の曇りに

刑務所の塀に沿ひたる道の上あたかも梅雨に咲ける紫陽花

繁りつつおのづから咲きし花ならむ人の踏まざる崖の紫陽花

逞しく葉を繁らしめ幾本か庭のアカンサス花梗《はなぐき》を立つ

ギリシヤの荒地に見たるアカンサス崩れし神殿の石柱のかげ

年どしの梅雨に咲くべきものなれやわが待ち待てるアカンサスの花

梅雨寒し足の冷ゆるを常として畳歩むに靴下を穿く

痺れたる足に下り立つ庭の上杖に倚りつつよろめき歩む

梅雨深き槻の林に微光あり葉の重なりて茂り合ふひま

梅雨の日の湿りに匂ふ草の径犬曳きてわが歩みしものを

ゆゑよしもなく思ほゆるアイヌ犬その血統書いつ失ひし

ＣＴの影像の翳まざまざと動脈瘤を告知されたり

「短歌四季」秋号

こまかなる槻の木の花溜りつつ吹き寄せられぬ露台の隅に
風向きに揺れ合ふみどりまぶしかり窓に近々と立てる槻の木
ほの暗き照明の下に近づきぬ幻のごときミイラの少女

序歌

歌集『雪の狭間』（須佐憲政）

山峡の君のふるさと水清き川のほとりに一夜宿りき
君の歌篤実にして現象に向ふ心のひたすらなりき
峡深く人に自然に親しみておのづから成りし歌とぞ思ふ

歌集『芭蕉布』（森川満理子）

歌に詠む君のふるさと大連を吾も知ればまして思ほゆ

父の国南の空と海恋ふる歌のしらべよ永久のまぼろし

見るべきを見て鮮かに刻みたる歌の写実を吾はたふとぶ

歌集『究竟頂』（今野金哉）

公《おほやけ》の旅のいとまも道の隈《くま》歌どころ尋《と》めて歩みあまねし

行きゆきて異国の旅に君の目はするどく捉《とら》ふ人と歴史を

君の歌の調べ清《すが》しきはいづこより来りしものぞ誠実のゆゑ

斎藤茂吉追慕歌集（第二十六集）

青山の病院に訪ひしは一度のみ遥かとなりし昭和十七年の秋

明治記念綜合歌会

病みてよりわが窓の内を世界とす庭のまんさくの花を隔てて

この夏の残る暑さか槻の木の森に生まるる風さへもなし

平成十三年（二〇〇一年）

「群山」

一月号

手術二つ重ねて病めば現身《うつしみ》のたゆたふごとしわが世紀末

世紀末を原語フアンドシエクルと学び来て今ぞ知る改まる世紀

何せむに「敵は幾万ありとても」わが口ずさむ抜刀隊の歌

辛《から》くして立ち直れりと思ふさへ次ぐべきものをいかにか待たむ

わが病ひ凌ぎて残る命あり終《つひ》の限りを已れ知らねど

今日ひと日澄みたる空の暮れゆかむ槻の林の色づく上に

二月号

わが棲める森に小鳥ら来《こ》ずなりてやうやく冬の雪近づきぬ

枝交はす槻の冬木に鳴く声のしばし聞こゆる何の小鳥か

夕暮れの風に光りて散る雪をひとり見てをり槻の木の間に

夜もすがら降りたる雪のなほ融けず庭の笹生に白くはだらに

新しき世紀に逢はむと思はざりき戦ひの日を辛《から》く過ぎたる

戦ひの暗かりし夜を烙印に生きて新しき世に移るべし

三月号

枝打ちてあらはとなりし槻の森ひるがへる鳥の影も見るべく

枝伐りし痕《あと》白々と見えながら森にこもらふ冷えを覚ゆる

槻の木の下蔭に踏む雪ありて曇りさながら夕暮れとなる

鳥の如軽くあれかしと歌ひたる詞人のことばぞ忘れかねつる

おのが身に近づくものをかへりみず吾に過去なく未来なきごと

痒《かゆ》きを掻きてしばしば目覚めたり老いてわが身の枯れゆくものを

四月号

群肝《むらぎも》を断ちて臥《こや》りし去年今年《こぞことし》思ひ辿るに遠き世のごと

亡き友に追ひ及《し》くごとき夢醒めて今朝の朝明《あさけ》のこころぞ痛き

張り替へし障子の下に起き臥して雪降る朝の冷えをすがしむ

浜木綿の鉢を囲ひて雪を待つみちのくの冬の季《とき》長くして

中学の頃より一日《ひとひ》だに落ちず書き継ぎし日記何のよすがぞ

書き溜めし日記の中に「吾在り」といふといへども曽て披《ひら》かず

五月号

一族に比《たぐひ》なきまで齢《とし》古りぬ病むといへどもなほ命あり

四十四歳の死を若かりしと思ふのみ父の思出ただおぼろなる

像《かたち》なきおもかげとして父を見む幼き日より今のうつつに

満洲の赤土に初めて松茸の種子植ゑし父と幼く知りき

内地出張の旅毎大町桂月と逢ひたりといふ酒を好みて

親族の一人と伝ふる桂月の残しし軸を今に保てり

六月号

「群山」のこの喜びにたぐふべき人らを思ふ亡き人の影

木蓮咲き連翹咲ける墻《かき》の内病みてこもれば砦《とりで》のごとし

口乾き目覚むる朝の侘しさは己れ一人のものと思はむ

焼きそばを今日の昼餉に病める身のつつましくあらむ花冷えの頃

足萎《な》えて杖にすがれば係恋の旅順の旅も能はざるべし

生まれたる旅順月見町煉瓦の家なほ在りといへど訪ふ日もなしに

七月号

道の隈《くま》身を寄せ合ひて伏す一団少年の日の吾は見にけり

隔離病舎に患《や》める人らの歌選び五十有余年過ぎにけらずや

限られて世に背きたる悲しみを君らの歌に読みて知るのみ

閉塞の思ひなりしよ塀の内へだてられ君らに逢ひし日のこと

解放の今日の日知らず逝きし人たとふれば「群山」の佐々木三玉《さんぎょく》君

訴訟控訴断念を今伝ふるによろこばむより憤りまさる

八月号

宵々の眠りを安くあらしめむ固きベッドにひとり身を臥す

みちのくの夏来たるらし二十九度越ゆる気温に心ゆるびぬ

レントゲン検診終へて帰るさに思ひつきたるにしん蕎麦食ふ

アガリスク茸《たけ》を煎じて飲むことも習ひとしつつ夏ならむとす

仙台に来れば「新政《あらまさ》」飲ませろと酒好きの杉浦明平も亡し

昭和八年叡山アララギ安居会に最年少なりき明平と忠雄

九月号

食欲の乏しきは炎暑のせゐならむ夕餉の食《じき》にうどんを余す

胃と腸の弱れる故を知らねども食ひたきものの思ひ及ばず

みちのくの暑さの極み三十五度越ゆるに堪へてからだ横たふ

七度五分前後の熱をくり返し若かりし日のごとく腸病む

荒々しく茂り立つ草にまじりたる萱草の花に心ひらかむ

夜光虫波にきらめく島の夜を友と遊びし日ぞよみがへる

十月号

数ふれば老いの病幾つ重ねたり朽ちゆくもののおのづからなる

病む足の踏みておぼつかなき歩みわが残る生《よ》のさだめの如く

足萎えて見るべきものも見ざるべし醍醐寺宝展黒田清輝画展

暴風域外《そ》るるを年のつねとして北べの国にわが住み古りぬ

新しき世に遠ざかる思ひとも流行の小説など久しく読まず

背の傷み物書くにさへ應ふらし休み休み書くハガキ二三枚

十一月号

手に執らぬ幻のごと思ほゆれ幼かりし日の山の間の沼

草ごもる小さき沼に水浴みきいはけなき日の孤り遊びに

昼闇《くら》き蔵の二階をみづからの砦《とりで》としたり友なしにして

祖父と祖母と母と共なりし幼年期田渡る風の中に遊びて

父逝きし旅順より掘りて携へし篠懸の木ぞ父の形代《かたしろ》

校庭に父の形見と植ゑたりし篠懸の木のいかになりけむ

十二月号

テロを撃つに報復を以てすべからずアフガンの夜の青き閃光

新しき世紀「新しき戦ひ」などあらしむ勿れわが世の限り
老いさぶといふにあらねど病む脚のややよろめくをひとり危ぶむ
「いづくともなきふるさと」と歌へども故郷喪失の嘆きにもあらず
北の国に来り住まへる六十年わがたましひの鎮まりどころ
生まれたる跡に立つ日もあらざらむ写真集「旅順」に辿るおもかげ
「あをば」

一月号

中空におもむろに動く雲一つ夕づく時に光帯びたり
もみぢせる槻の林を近景に晩秋の空を白き雲逝く
槻の木の風に乱るるもみぢ葉を見つつ暖房の部屋にまどろむ

病みてより気弱くなりしか微熱あれば身を労《いたは》りてたはやすく臥す

白内障の手術を延ばし延ばし来てやむをえざりき癌の手術二つ

君の命遺されし歌に生くべしと弔電打ちて友をとむらふ

政界の茶番劇など見るに堪へず腰椎の痛みにひとり臥す時

二月号

槻《つき》の木の下べを通ふ径《みち》あれどわが病みてより踏むこともなし

二十一世紀吾にいかなる年ならむ槻の林の中に棲《す》みつつ

槻の木の枝伐る音のひねもすに吾はまどろむ炬燵の中に

近々と槻の枝打つひびきありなすこともなき吾の歳末

伐られたる枝を束ねて人去りぬ槻の木の間の空ひろく見ゆ

伐り跡の瘤白々と見えながら槻の木立の夕暮れとなる
雪残る槻の林をガラス戸の内より見つつ年果てむとす

三月号

わが痒《かゆ》きところ次第に移るらし老いの嘆きの一つといはむ
大雪となりたる冬の道踏みて立つこともなし腰の萎《な》ゆれば
東日本太平洋側の雪多き冬をこもれり足病む吾は
槻の林の雪を吹きくる風冷ゆれ朝より夜まで炬燵に臥《こや》る
腰没すまでの大雪六キロの道をひたすら踏みし日ありき
踏みゆきし大雪に息あへぎつつ辛《から》く校門に辿りつきしか
校門を入りて始業のベル鳴れど講義休みき教師の吾は

四月号

夜すがらの冷ゆる空気に目ざめしが庭の木草に雪白く積む

屋根の雪早く融けしと思ふとき再び白し昨日《きぞ》の夜の雪

雪ふりて炬燵に坐る日々多し腰病めばただ臥すのみにして

自からを明治原人と呼びながら生くる現《うつつ》をうべなはむとす

なほ生きて杖にすがるをいかにせむ手術のあとの萎《な》ゆるわが脚

雪多き満州にわが育ちたり小学三年の冬父を喪《うしな》ふ

十二月父逝きて葬列長かりき雪野に幡《はた》をなびかせながら

五月号

体温計に朝毎体温計《はか》ること習ひとなりぬわが病みてより

体温の上下に日々の体調をわが知らむとす冬凌ぐべく
七度台の微熱つづけば老身をいたはりてなほ炬燵を出でず

六月号

若葉冷えといふにやあらむ吾の棲《す》む或る日の森の気温下りて
身のめぐり若葉の迫るこの日ごろ昨日より今日冷えまさるなり
生くる日を自ら統《す》ぶることもなし命の極み知るべくもなく
宵々の眠り安からしめむとす湯を浴びてより読むこともなく
咲きさかる桜の花に逢はざりき病みて家ごもる春をさびしむ
この苑《その》のしだれ桜の咲き散らふ下たもとほり杖曳く吾は
山蔭に一もと咲ける山桜そのひそけさを思ひ忘れず

七月号

月毎に検診受けて手術より蘇りたる命やしなふ

始球式の練習に崖より堕ちし背の傷みより今にいたる患《わづら》ひ

イチローに野茂に新庄海彼《かいひ》なる国の球技に日毎たのしむ

九月号

この夏をからだ萎《な》えゆく侘しさや外《と》に出でざれば脚も弱りて

わが庭の荒るるがままに荒るる中萱草の花に心ぞひらく

十月号

白内障の手術も伸ばし伸ばし来て見さだめかねつテレビの画像

夏も中遠き台風をつたへくる声を聞きつつ夜の床に臥す

足萎《な》えて巷に出づることもなし地下鉄にさへ乗らざる月日

十一月号

学校より帰りて栗の実拾ひしを思ひ出づるは何のゆゑよし

十二月号

「朽《くだ》つ物」か「木《き》の物」か語源さもあらばあれ秋の果物目の前に照る

まざまざと戰ひの火を知る故に吾は拒まむその銃口を

岩山の洞窟より洞窟に裸足にて逃れゆく者を守る神なきか

生くる日（「河北新報」新春詠）

残生は乏《とも》しからむに恃《たの》むべし新しき世紀かがよふ光り

病ひより立ち直りたるうつし身を歳旦の水に拭《ぬぐ》はむとする

群肝《むらぎも》を断ちてやうやく癒えしかば生命の泉よみがへらむか
思ひ出は幼かりし日に返るらし幼きものは常あたらしく
生くる日の二十一世紀とは何ならむ吾に余剰の時間なりとも

創るもの（「短歌新聞」一月号）

新しき年の光りぞわが棲めるけやきの森の末《うれ》越えてさす
暗かりし前《さき》の世紀に思ふことみづからの手に銃持たざりし
歴史は追ふものならず創《つく》るもの新しき世紀に何希《ねが》ふべき
言霊のさきはふ国の運命をもてあそぶ勿れ政治屋諸君
なほ生きむ未来あれよと言《こと》寄せて病ひの後をひとりつつしむ

環状列石（「短歌研究」五月号）

元号の四《よ》つの世紀を生き延びし命とぞおもふ枯るといへども

過ぎ去りし影おしなべておぼろなりまして来《こ》む世の限りも知らに

みちのくに齢《よはひ》を継ぎて今に在り行方も知らぬ明治原人

来《こ》む世にし求むる何もあらざらむ杖にすがり立つ明治原人

環状の石に交りてありぬべし縄文の世に立ち返るべく

環状の列石群に月照れば影立つものを魂《たま》とこそ知れ

縄文の世の人吾れや黄泉返《よみがへ》りよみがへりつつ乱り世に生く

体温計　（「短歌現代」七月号）

体温計腋挟《わきばさ》むにもわが慣れて春となりたりやや冷ゆる日々

検温にわが自らの体調を知るべくなりぬ心の襞さへ

病みてより幼きに還る夢多しそのいづれにも父母の影見ず

父母の齢超えて存《なが》ふる世のさがに一つ二つならず遠ざかるもの

連翹の黄の花墻《かき》に咲きたりといへども出でず恙あれこそ

わが庭の梅終りぬと告ぐるこゑ心虚しく聞き過ぐすのみ

牧場の柵の如きをめぐらしてけやき林とわが家と境ふ

標結《しめゆ》ふと思ほゆるまで柵立てて家ごもるべし吾の残生

枝打ちしけやきの一木《ひとき》直立すひねもす幹の片照りながら

この森に明治原人を棲ましめて聴けばきこゆる遠き風音

アカンサスその他（「短歌」九月号）

おのづから滅びむものか栄えたる馬酔木の花のことし影なき

庭の土にふさはざるべし房なしてゆたかなりける馬酔木朽《くた》ちぬ
鉢の砂に培ふ浜ゆふ滅びたりわが病みてより顧みざりしに
枯らしめしゆづり葉一つ葉柄にさせるくれなゐわが目を去らず
希臘にて廃墟に咲けるアカンサス見し日も遠くならむとすらむ
列柱の影する土にアカンサス咲き乱るるをゆくりなく見つ
石廊を渡りて木蔭に聴きたりし泉の声ぞ何の係恋
希臘より渡来の株を分け分けてその一もとを長く保てり
アカンサスの伸び立つ花梗はびこれり異国の土にすでになじみて
繁り葉の中より立ちて咲き昇るアカンサスの花吾の見るもの

某日微吟（「短歌往来」十月号）

旅ゆきて白夜の国をめぐりしとヒース咲く丘も見しとぞ伝ふ

足萎えの吾と思へば霧沈む白夜の国に行かむすべなし

旅信一つ「大英博物館で敦煌文書見てから石畳の上で珈琲のみました」

年どしの珍《うづ》のたまもの長刀鉾の粽送り来ぬ京の友より

腰椎の傷み去らねば街に出で人に交はらむ思ひも疎し

病みてよりすでに二とせ庭に立つ日々の怠り草さへ踏まず

庭の中一つ逞しく生ふるものアカンサスの花にわが心癒ゆ

序歌

歌集『除雪車の音』（佐藤玉治）

医の君のみづからを知るきびしさに歌集成りたりま心の歌

北の国の風土になじむ君の歌人と草木と詠みて尽きざる
雪深き国に住みつつ病ひより立ち直るべき君と思はむ

歌集『続籐の籠』(高橋華子)

平明に心抒《の》べたる君の歌その調べさへとどこほりなし
庭に来る小動物を友として詠みたる歌を吾はたふとぶ
亡き人と共なる日々を恋ふる歌思ひ出はつねに現実の如

群山歌会

二月歌会

腰なづみ雪深き道六キロをひたすら行きし戦後の記憶

八月歌会

霧沈む白夜の国をめぐりしと旅の便り届くわが病む床に

九月歌会

海づたひ夏の台風近づくを告ぐる声ありその下に臥す

斎藤茂吉追慕歌集（第二十七集）

年々に恋ひまさりゆく影一つ茂吉先生のうしろ姿か

明治記念綜合歌会

曇りより散りくるものを雪と知る二月尽くらむ硝子戸の外

平成十四年（二〇〇二年）

「群山」

一月号

夢多きわが老年期見る夢の切れ切れにして脈絡のなき

多く見て多く忘るる夢なれや遠ざかりゆく残像のごと

十年ほど前の夢にてまざまざと正岡子規に向ひ合ひたり

闇の中より立ち出でて吾の手を執りし幻の子規を今に忘れず

若尾瀾水の子規を冷血と貶《おと》しむる文読みてより見し夢ならむ

子規逝きてよりの百年そのおほよそ生き永らて吾ありぬべし

二月号

感情は単純にして夜毎食《は》む冬の苺をよろこびとする

記憶やや欠けゆくことも止むを得ぬ老いの定めと寂しむ勿れ
残生の楽しみのごととろろ飯食ひて宵々安らふものを
しばしばも尿《ゆまり》に起きて冷ゆる身を厚き毛布の下に包まむ
三人《みたり》のみ残れる中の一人《ひとり》なりき筑紫の国に歌の友死す
二日前届きし君のハガキありその俄かなる命かなしむ

三月号

衰へしわが腸ややにととのへばことしの冬の食《しよく》すすまむか
窓近く来む鳥もなき明け暮れを侘びつつぞゐるわが冬ごもり
よろめきて杖に槌れるわが形《なり》を自画像のごとかへりみむとす
不器用に生きたりとのみ思はねど老いて従はむ杖の歩みに

読むべきに読まざるをわが諾ひて安らふ如し老いのまにまに

風呂を浴み宵々早く臥《こや》るなりわが楽しみの限られゆきて

四月号

幾たびか夢を夢みて疲れけりわが深層の何の思ひぞ

夢の中に夢あることの不条理を疑はざりき朝醒むるまで

わが部屋の二階を昇り降《くだ》るのみ病む脚に立つ狭き周圏

兵の召集免かれて今に永らへぬ戦ひの日の「即日帰郷」

兵役を免除されたる吾をおきて中支戦線に部隊全滅す

昭和十八年戦ひに行かざりしより命を保つ長き一生《ひとよ》か

五月号

一時間ほどの眠りを錯覚す長き夜すがらの眠りのごとく

肩冷えてしばしば覚むるわが眠り老いの嘆きを独り知るべく

腰傷み脚曳くこともおのづから致りし老いのさだめかと思ふ

飲む水に吐《たぐ》り咳《しはぶ》くを癖としてなほ息づかしうつし身なれば

こんなにも生きてゐようとは思はなかつたわが友ら多く幻の人

ことしまた白き馬酔木の咲くに会ふわが喜びの狭くなりつつ

六月号

無法なる日本語はびこる世のさまや「癒し」などいふを吾は否まむ

偽装とは鶏肉《とりにく》のみにあらざらむ政治家も学者も歌よみも亦《また》

地下鉄の駅に下りゆくこともなし病みて階段になづむわが脚

わが腰と脚痺るるは死に至るまで癒えざらむ病ひとぞいふ

街路樹の白木蓮をすがしみて外出《そとで》せしよりはや三日過ぐ

窓の外槻の芽吹きのさやけきに硝子へだてて暗しわが部屋

七月号

槻の木の空に紛るる若萌えの淡きを仰ぐ朝も夕べも

逞しくアカンサスの広葉はびこれりことしの早き夏の移ろひ

休耕をまぬがれし田の幾枚か水張りて晩春の雲を映せり

わが知れる白き支流に会はむとす今日の小さき旅のよろこび

薬服《の》むことを習ひにわが腸のととのひ行くか夏となる日々

孤りなるベッドの上の眠りよりさながら醒めぬ夜もありぬべし

八月号

エルニーニョ赤道圏の温暖化ことしのアカンサスの花遅しき

土に掘る石器捏造《ねつざう》のゆゆしきに考古学界の責を問ふべし

捏造に偽装に有事法制かさきはふ言霊《ことだま》の国にふさはず

新しき世紀といへどたのめなし米追従の何の有事ぞ

一国の宰相として謬《あやま》てり日本列島を沈ましむるもの

脚病みて吾は立てねどたまきはる内の怒りの絶ゆる日もなし

九月号

杖曳きて三階にわが昇りゆく罪ある人の歌のつどひに

夏の来る獄に七年過ぎたりと嘆きをぞする歌に録《しる》して

故里よりみちのくの水うましとぞ囚《とら》はれ人の心かくさず
囚屋《ひとや》にて丑の日の鰻食ひたりと詠みし歌あり吾はよろこぶ
消息のなきを或いは病めるかとわが思ふのみ遠く住みつつ
杖に倚る老いになりぬと告げやらむ原爆を知るふるさとの友に

十月号

庭師来て木草整ふるさま見ればためらひもなしアカンサスを切る
刈り除《そ》けて広らに庭の見ゆれどもわが惜しみゐし草を絶ちたり
昼の間はベッドに臥すを習ひとし夜は入浴の後はやく寝る
ひぐらしの声も聞かざる幾年か季節感なき都会の一隅
原爆のヒロシマの川詠みたりし詩人の米田栄作死せり

地方紙に君の詩を見て切り抜きしこと思ひ出づわが少年期

十一月号

脚病めば踏むべき土もあらざらむ目の前の坂すでに歩まず

地下鉄の駅近けれど階下りて杖曳く吾の乗ることもなし

住民票コードの数字届きたり囚《とら》はれ人のごとき思ひぞ

国民を番号に呼ぶコードなど用なし抽象人間ではない

梨食ひて今日の夕餉を終へむとす食ひての後《のち》はただ眠るのみ

単純な生活の域に在り慣れて宵々の湯浴みひとり楽しむ

十二月号

わが窓に隣る欅の林よりことしの秋の冷えをおぼゆる

引き返すすべなきものと思ふのみ老いを諾《うべな》ふ齢《よはひ》となりて

見る夢のさだかなる又おぼろなるものあり共に早く忘るる

背の傷み癒ゆるなけむと医師言へり運命の負《ふ》といはばいふべく

無登録農薬にあらずと君の手に培ひし林檎送りたまひぬ

憲吉門岸哲男君の訃を聞けり若きより同郷の師に従ひし

「あをば」　一月号

西暦に数へて二〇〇二年といふ新しき年に何を願はむ

吾ら住む地球の上に愚かなる戦ひなどをあらしむ勿れ

アフガンの谷間をのがれ行く民に何の炎ぞ空爆つづく

非道なるテロと仮借なき空襲と二つながら世の地獄とおもふ

年毎に三たび手術を繰り返し老いの体軀《からだ》をさいなむ如し

杖による吾の歩みのたどたどし家に沿ひたる坂道にして

病み易き腸のすがしくなりしこと喜びとして新年迎ふ

二月号

ベッド置く部屋の暖房に早く寝て怠ることも老いの習ひか

夜毎食ふ冬の苺をよろこびぬ命短き者の奢《おご》りに

とろろ飯食ひて安らふ宵々かわが楽しみの単純にして

雪散らふ槻の木末《こぬれ》を見るものに硝子へだててひねもす臥《こや》る

腰椎の潰《つひ》えし傷み去らざるはわが残生の負《ふ》と思ふべし

三月号

鉢植ゑの浜ゆふ一つ枯らしめて佗びつつぞ居るわが冬ごもり

わが窓に来む鳥もなき明け暮れや夕べを早くカーテン閉ざす

四月号

わが齢《よはひ》かへりみることなかりしが卒寿を超えて今ぞ年古《ふ》る

わがめぐり友らを多く喪《うしな》ひて残れるも又言《こと》遠ざかる

戦ひに多く死にけり生き残りし負ひ目に今に永らふものか

故里に帰りゆく日もあらざらむわが脚杖を曳くまで病みて

弟と妹の墓も古りぬべし戦ひの日病みて命死ゆきし

ふるさとの墓地の一劃土地買収に失ひしといふ行きて見ねども

篠懸の木を形見とぞ植ゑおきしふるさとの墓すさびゆかむか

五月号

わが庭に馬酔木《あしび》の白き花咲きて椿の花と照り合ふごとし

葉ごもりに椿の花の咲く見れば匂ひぞ出づるくれなゐの花

マンサクの木とゆづり葉と枯れ果てて空しかりけりわが狭き庭

脚病みて土を踏まねば時々の咲くべき花も見過ぐし易し

エルニーニョ現象といふ温暖化さくら前線早しと伝ふ

さくら花さかりといへど脚病めば行きて仰がむことさへもなし

世の常の花見といへる遊びさへ忘れて老いの日々を重ぬる

六月号

木蓮も連翹もすでに過ぎにけり気象温暖化の早き移ろひ

花冷えに襟巻をしてこもる日々老いを嘆くといふにもあらず

わが腸をいたはることもなく過ぎて春より夏へ移らむとする

川に沿ふ旅を思へど病む脚に踏みて歩むは能はざるべし

読むべきも読まざるものも積み上げて書物ふえゆくわが身のめぐり

七月号

水に沿ふ小さき旅に見つつ行く淡きみどりにそよぐ草苗田

吹く風にそよぐ早苗をわが見つつ今日のひとりの旅を清《すが》しむ

夕暮るる苑《その》に立つ像親しかり舟越保武の手に刻みたる

槻の木の茂りと遠き白雲を見るものにして家ごもる日々

踏む足のおぼつかなきに家出でずガラスの窓にわが向ふのみ

窓に見る空の狭きに飛ぶ鳥の乏《とも》しくなりて春逝《ゆ》かむとす

成りゆきのままに過ぎゆく日々なれやわが望むべきもの何々ぞ

八月号

捏造に偽装に談合の工作か国をあやまつ混迷の因

新しき世紀を迎へ新しき時代望みしも今に空しき

老いし身は怒らずあらむを日毎読むニュースに怒ること多かりき

ストレスの蓄積といふ神経性腸症候群を吾は否《いな》まむ

腸病みて老いのひねもす楽しまずわが書くものの滞《とどこほ》るべし

梅雨の前気温の低き日々ありてわが体調のたゆたふ如し

アカンサスの花梗《かこう》幾十ほしいままに伸びたり梅雨の近づく家に

九月号

塀沿ひに紫陽花咲ける崖ありてわが月々の通ひ路とする

この門をくぐりて五十幾年か杖に倚りつつ歩む老い人

明治初年建立の木造六角塔昇りて通ひき歌のつどひに

六角塔毀《こぼ》たれし日を知る者の一人となりてその跡に立つ

放射状に囚房ありし六角塔まぼろしとして夏の花咲く

ここに会ひここに別れし歌の伴《とも》その行く末を知ることもなく

歌のみに係はりたりし仲らひぞ歌こそ人のいのちと思ふ

十月号

七〇〇号といふにおのづからかへりみつその喜びに何を加へむ

戦争末期謄写印刷よりつづきたる「あをば」ぞ一つの歴史を成せり

昭和二十三年より選歌と歌会に携はりし過去を長しとも短しとも思ふ

月々の歌の集ひを待つごとし歌の縁《えにし》のかりそめならず

六角塔の上の歌会を知る人も多くはあらじ年逝《ゆ》きたれば

囚はれて心のまこと歌ひたる人らを思ふこの七〇〇号に

新しき世に新しき歌あらむ「まこと」こそとはに新しきもの

十一月号

病みてより外界狭くなりしことベッドより起きベッドに眠る

わが老いを肯《うべな》ふとにはあらねども杖の歩みをひとり寂しむ

地下鉄にわが乗ることもなくなりて晩秋の街に出でて遊ばず

暑き日の翌《あ》くる朝《あした》はさむざむと雨に曇れり槻繁る空

窓の外ひるがへり飛ぶ白きもの夏の蝶一つまなかひ去らず

その跡をわがよぎる時幻影のごとくそびゆる六角の塔

五十幾年の過去《すぎゆき》しのべと月々にわが仰ぐなり高き銀杏を

十二月号

赤に黄に紫にかがやく晩秋のもみぢを行きてわが仰ぎたり

峡《かひ》ゆきて空に映えたる栗駒の山のもみぢを見し日思ほゆ

沈むありひるがへるあり目の前のもみぢ葉見つつひとり佇む

奥甲子《おくかし》の谷のもみぢも行きて見き阿武隈《あぶくま》川の源流の里

発掘の土より出でしもみぢ葉の忽ちにして色褪せしとぞ
　召人の歌（宮中歌会始）

春の野にわが行きしかば草なびけ泉かがやくふるさとの道
　音なきもの（「河北新報」新春詠）

冬の日の昏《く》れゆかむ時残る紅槻《あけ》の木末《こぬれ》の空の一角

永《なが》らふる命いくばく新しき世紀の年を残生として

新しく移るべき世に禍事《まがごと》のなほ尽きざらむテロ又空爆

わが杖に従ふ歩みたどたどし脚病みて住む坂の上の家

草の上降り渡りゆく冬の雨音なきものの音も聞くべし
　待つといふこと（「短歌現代」一月号）

「柊の花開かむと欲してゐます」晩秋の書翰京の友より

逆転の一打を遠く仰ぎたり映像といへど胸躍らしむ

ランディ・ジョンソンの鋭き顔貌《かたち》思ふなり心衰へてわが臥す時に

アルカイダといふ単語などわが知りて何せむアフガンの空爆の日々

アフガンの空に閃く光芒の下にさまよふ民らあるべし

硝子戸を透して冷ゆるこの日頃夕べを早くカーテン閉ざす

秋の末俄かに寒き宵々を痺れたる脚撫でつつゐたり

煮つめたる無花果を食《は》むよろこびにいのち存《なが》らふ秋より冬へ

みちのくの脊梁の山おしなべて雪来ると早き冬を伝ふる

ホトトギス咲くを待ちつつ待ち得たり今朝わが向ふ繁みの中に

時々の花咲く庭に下り立ちて踏むべくもなし足萎《な》え吾は

よろめくは脚のみならずわが肩を壁に支へて立ち上るべく

老いさぶといふにあらねど否めざるものあり杖に従ふ歩み

この槻の林の中に生くるもの足萎え吾と迷へる猫と

わが庭に隣れる空間この槻の林に棲むはみなうからどち

手術三たび残る命をなほ生きて槻の木の間の夕映えを見む

槻の木の梢の素枯れ冴えざえと用なき吾の日々仰ぐもの

照る雲のたちまち翳る空の下動かざるもの槻の木群は

柵結《ゆ》ひて人距てたる保安林槻繁《し》み立てり南斜面に

旅ゆきて再び址《あと》を踏まざらむ病みたる脚に遠きふるさと

ふるさとの果てのふるさと生まれたる旅順はつねにわが胸に棲む

幼かりし日々のすさびに蒲の穂を採りて遊びき沼のほとりの

命の後遺すべきもの何々か中学時代より欠かさぬ日記

待つといふは生くる人間の業《ごふ》ならむ命亡《な》き者は待つことあらじ

待つことのなき境界に近づかむわが老いの果ていつと知らねど

わが半日（「短歌」一月号）

ことしまた白花曼珠沙華の咲くに遇ふわが自らのまぼろしの如

秋たけて黄葉《もみぢ》の前の槻の幹なめし皮のごとき樹肌照りをり

団塊のごとくかがやく一つ雲ひねもす吾の窓より去らず

古書目録読みて過ごさむわが半日充足の「時間」といふべくもなし

国境を越えて逃げまどふ民族の悲しみを知るや奢れる者ら
アフガンの洞窟より洞窟にのがれゆく者に撃つべき銃を拒まむ

遠き記憶（「短歌研究」五月号）

世の常の狂牛病など関はりなし幼きより肉のたぐひ食はねば
赤き肉鉤《かぎ》して列並《つらな》めし肉屋ありき幼き吾を否ましめたる
白内障おぼろなる目に映るもの遠き記憶のごとき街並み
わが視野にさだかならねど葉ごもりのくれなゐに知る椿の花は
忽ちに幹枯れ果てしゆづり葉の葉柄赤き一つまぼろし
腸病むは少年の日より負ひしもの老いてはすでに煩ひとせず
指の爪なほ伸びゆくは古りにける軀《からだ》に残るいのちのしるし

夢と少年（「短歌十二月号」）

夜すがらの長い時間と錯覚すわづか三十分ほどの眠りを

睡眠は老いの心をなごましむ眠られるだけ眠らう吾の晩年

これ位でもうよからうといふ声すわが背《そびら》より迫りくるもの

きれぎれの夢に疲れてめざめたり夢は抜苦に用なきものを

沼のほとり童児の吾を立たしめて幼きに還る老人の夢

リビドウの何かは知らず夢に立つふるさとの村の草ごもる沼

ふるさとの墓に沿ひたる沼一つ岸べの枇杷の花白かりき

少年の吾の遊びし沼岸の枇杷の木の花夢にさへ見ず

ふるさとの稲みのりたる田の道に立てる少年の吾のまぼろし

戦ひに苦しみ病みて逝きにける弟と妹よ夢に出で来《こ》よ

序歌

歌集『からむし』（皆川二郎）

からむしの伝承の里に生まれたる君の命のさやかなるべし

きびしかる勤めのまにま詠む歌の直《なほ》き調べを吾はたふとぶ

君の性《さが》さながらにしてこまかなる心の襞《ひだ》をその歌に知る

群山歌会

新年歌会

流らふ雪吹き上げてすさぶ風小寒の日の窓にとどろく

十二月歌会

高きより麓まで下りてくるといふ秋の紅葉を行きてわが見ず

茂吉忌合同歌集

君は珈琲か紅茶かと問ひましき憲吉見舞ひの旅のまにまに

大石田にわが訪ねたる思ひ出の色褪することなきは何ゆゑ

昭和六年よりの縁《えにし》かみ葬りに侍りし寒き日を思ふなり

斎藤茂吉追慕歌集（第二十八集）

赤き舌出し給ふ癖もわが知りて親しみしや恐れしや学生のころ

明治記念綜合歌会

白々と雲ただよへる冬の空仰ぎつつ郊外の踏切を越ゆ

敬老の日のたまものぞリンドウの藍の深きを甕に盛りたり

鴨沂会兵庫県同窓会誌

戦ひの日を生きのびて清らなる思ひ出を君ら今に保てり

みちのくに吾は老ゆとも学び舎に共に努めし日々を忘れじ

あぶくま川短歌大会用色紙

歌枕あぶくま川のふるさとに集ふ人らの歌を讃へむ

二高同窓会

透徹といはば言ふべし学びたる二高のこころ常若にして（讃歌）

新しき世紀の中によみがへる波動の如き二高のいのち

平成十五年（二〇〇三年）

「群山」

一月号

夕映は幹の黄葉《もみぢ》に照りながら槻の林を明るくしたり

夕映の消えてたちまち暗みたる槻の林に潜むものなし

過去《すぎゆき》は還るべからずわが生くる限りもすでに狭められつつ

さすらひの民を撃つべき空爆か言挙《こと》げてわが否まむとする

僻地診療三陸に勤むる医師の君海のアワビをたづさへ来《きた》る

太平洋の澄む月を見て酒汲むをこよなしといふ単身の日々

二月号

脚病むになほ堪へて立つ力あり残るいのちを占《うらな》はむため

人の群に立ちて交はることもなし歳末の街も吾には遠く
故里を訪はむ日さらにあらざらむわが知る径を面影にして
この吾に過去なき如き錯覚の何のいはれぞ老いさぶる時
飲む薬怠りてありし二三日さむきに布団深くして寝る
寝る前を葛湯のみつつ安らはむ読むべきものを一つひろげて

三月号

足の冷え靴下重ね凌ぐべしいづくより来る老いといふもの
晩年をいつと限らむ在りありて自《おのづ》から到りし老いと思ふに
沿線の各駅毎に積む雪のさまざまにして吹雪過ぎゆく
わが視界閉ざしてしまく吹雪あり杖ながら立つ脚よろめくに

川沿ひの宿に見下ろすつむじ雪岸と水との境もなしに

しきりなる地震の予報わが崖の崩れを人のいましめて去る

四月号

老いさびて背《せ》くぐまり臥す自らを胎児のごとしと或いは思ふ

九十路《ここのそぢ》越えて生誕の日を迎ふさやかなる二月の風の中にて

生誕の年月日共なる人ありていつよりか年毎便りを交はす

生まれしは朝か夜かと問ふ勿れ未生以前のこと記憶にあらじ

耕作と名づけし初案の吾の名を改めしとぞ耕作でよかつたのに

残りたる時間いくばく湯浴み終へベッドの上に横たはるのみ

五月号

チグリス河ユーフラテス河の名も知りて若き日学びき地理の講義に
地図に知る二つの河の流域ぞ古代文明発祥のところ
爆撃に追はれ砂漠をさまよはむ民を思ふはこころぞ痛き
何ゆゑの空爆ならむ空染めて落下する火は民をあやまつ
砂あらし空に霧らひておぼろなる砂漠の上を戦車つらなる
無法なる米を支援とは何のわざ非戦の誓ひ忘れざらなむ

六月号

枝分れほしいまま咲ける白梅に近づきゆきぬ柵をめぐりて
一枝を手にとりて知る梅の香のただ清らなり今日の日和に
紅梅の低木の花を見過ぐして花あふれたる白梅に寄る

遠き国に戦ひありと憂ひつつ杖曳きて立つ白梅の下

砂あらし吹きすさぶ野をまぼろしに相争ふを吾は否まむ

追はれたるイラクの民の苦しみにわが敗戦の日ぞよみがへる

七月号

宮城より岩手へ通ふ道すがら桜の並木しろじろと照る

道に沿ひ或いは山の隈々に咲けるさくらのみな盛りなり

白々と空にかがやく桜ばな四月の末の春うららなる

沿線にうちつづきたる桜並木家あれば垣をめぐりつつ咲く

川あれば川を越えゆく道ありてさくらの花のま盛りに会ふ

北上の川の流れに沿ふさくら若き楉《しもと》に花あふれしむ

八月号

癌転移のおそれありとぞ検診に立ち向ふ如医の前に立つ

腫瘍《しゆよう》マーカーの数値計れば増殖のややに停退せりと告げたり

癌転移ありもあらずも老身の手術はせずとこの医者のいふ

吾もまた手術拒むと言ひ切りて病ひのままに従はむのみ

検診を受けてあかるき六月の町に出づれば手打ち蕎麦食ふ

青葉風香る山辺の道ゆきぬ病ひを持てるひとりの歩み

九月号

アカンサスのことしの花梗乏しきは梅雨長かりし冷夏の故か

梅雨冷えの日々につづけば怠りて布団の中に身を潜めをり

踏み応《ごた》へなきわが脚となりにけりよろめきて立つは手力《たぢから》による

車椅子にて病院の廊を渉りつつわが行く末を思ふことあり

地震あり乱れ散りたるものの中雑誌のたぐひ踏み越えてゆく

祇園会の長刀鉾のちまきとぞ君のたまものと壁に吊りたり

「あをば」　一月号

わが窓に隣る欅の木の間より明けゆく年の空を仰がむ

新しき年には新しき望みあらむ吾の望みのさだかならねど

新しき世紀に吾の生き得たりさまざまなりし過去を凌ぎて

肉身の衰へはわが否《いな》めねど若きらに交はる心忘れず

積み上げし書物の前に坐るべく慣ひとしつつ老いの日々あり

脚病めば土に下り立つこと稀れにひねもすテレビの画像に向ふ

この森に小禽《ことり》らの来ずなりしこと何のはづみか思ひ出でたり

二月号

鰻食ひて今日のいとまをありぬべし用ある一つ思ひ出さねば

欠けし歯に嚙むものの味乏しきにこの新しき奈良漬を食《は》む

記憶力衰へたりや三日経てよみがへりたる友の名一つ

喪《うしな》ひしものを求むるとにあらず喪ひしものはすでに返らず

痒き背をかきつつ夜半をわが在ればとぎれし夢の返ることなし

潜むべき森の木下の径《みち》あれどわが引く杖のためらふごとし

鉛筆の芯《しん》を削りて卓の上今日の日記を書きつがむとす

三月号

肩冷えて目覚むる日々やきさらぎの窓の日差しの冴々《さえざえ》として

戸の外にわが出づること稀れにして巷《ちまた》の音も遠くなりたり

北国の林檎を食ひて足らふなりわが食欲の衰ふる日々

踏む足をはげまして階を昇るべしわが潜むべき二階の部屋に

天飛《あまと》ぶや宇宙船コロンビア堕《お》ちたるをテレビ映せりその破片など

中学の一年の時教師よりさそはれて書きし日記なりしか

八十年近く書きつぎしわが日記読み返す日の又あらざらむ

四月号

寒々と二月の空気冴《さ》ゆるらし椿の花のむらがりて咲く
いつしかに濃きくれなゐの花咲けば庭の一隅照り明かりたり
鉢植の浜ゆふの茎冬枯れて再び萌ゆる日のあらざらむ
年々《としどし》に花をつづりしまんさくの枯るれば寂し春返るとも
数ふれば庭に滅びしもの多しゆづり葉の木も幻となる
わが庭の草木のたぐひ小禽らも家族《うから》の如し共に生きつつ
永らへて残る馬酔木《あしび》にたのむべし白き垂り花の咲かむ日を待つ

五月号

人みなの近づきがたき一劃に咲き栄えたる白梅の花
追はれたるイラクの民を思ふさへ戦ひの火を否まむとする

六月号

みちのくの四月の空のくきやかにさくらの花の白々と照る

七月号

大腸と肺との二つ手術にて健やかのややに戻りしものを

八月号

梅雨寒のつづく朝々痺れたる脚の傷みをいたはらむとす

腰と脚の痺れ癒ゆるはいつの日か土踏みて歩むことさへもなく

梅雨の日々繰り返す寒と暖の差にとまどふ如し朝の目ざめに

久しくも外出せざれば足に踏む土の感触忘れし如し

脊椎の傷は生涯癒えざらむためらひもなし医師のことばは

わが狭き庭の草々も行きて見ず夏の茂りの荒るるがままに
ことしまた山形の桜桃たまひたり夏の季節のおとづれの如

わが窓（「河北新報」新春詠）

鳥の影移るわが窓さむざむと昏《く》れゆかむとす雪の来る前
わが窓に隣る林の木の間より年あらたまる宵の星見ゆ
なほ残る吾のいのちに微《かそ》かなる祈りの如きものをたのまむ
脚病めば行きも能《あた》はぬふるさとの友より茶漬け送り来りぬ
戦ひは否《いな》まむものを何すれぞイージス艦のインド洋派遣

夜明けの星（「短歌新聞」一月号）

新しき年に新しき祈りあれ槻の林の空に照る星

これの世に仕残ししこと在る如く又無き如く思ふのみにて

平成といふ年号を好まねど大正と同じ数を重ぬる

言さやぐ拉とか捏とかいふ言葉追ひ放つべし言霊の国ぞ

拉致とは人さらひのこと海越えてブラックホールの如き国がある

白彼岸花　（「短歌現代」一月号）

元気なくば老気《らうき》を持てと便り寄す老人ホーム一人暮らしの友が

同級生三十余名の生き残り七人いづれも脚なづむらし

耳と目と病みてベッドより墜ちしとぞ孤独の生を伝へ来りぬ

戦ひを免れて享けし残生か九十の齢もすでに過ぎたる

平均寿命八一・四歳をはるかに越えつあな息づかし

読むべきをただに省きて清々《すがすが》し広告のみに新刊を知る

脚病めば書店をめぐることもなし馴染みの店の閉鎖つづくに

街路樹の槻のもみぢに沿ひながら病院に向ふ吾の通ひ路

山染めて高きより麓にくだり来る秋のもみぢを心恋ほしむ

彼岸花の白き一もと過ぎにけり年々《としどし》にして木《こ》の暗《くれ》に咲く

時と共に（「短歌研究」五月号）

ジョルジョーネ描く「老婆」の手に持てる布に銘ありCol Tempo

Col Tempo 即ち「時と共に」あれ老いの行方の啓示のごとく

「時と共に」たゆたふ命いや果ての境をつひの幻として

わが過去と未来を隔つもの何ぞ「時と共に」のさだめのままに

ふたたびを返ることなき運命か未来もすでに過去といふべく
背くぐまり夜毎横伏すみづからを未生以前の吾にたぐへむ
老いゆくを嘆かふ勿れさかのぼり揺籃の日に還らむものを

序歌

歌集『真野川の賦』（海老原廣）

みちのくの真野の古里に君住みて新しき世紀の歌を詠みたり
質実の君の心をさながらにすがしき調べ吾は讃へむ
とどこほりなき君のうた野も川も詠みて鮮かによみがへらしむ

歌集『歌とともに』（江崎深雪）

歌詠むを生きの証《しるし》と努めたる君の歌集の成るをよろこぶ

世に生きて苦しみし君の詠む世界野も花も草もみな命あり

群山歌会

新年歌会

残雪を踏みて白馬へ上りしか黒百合の咲く谷を渉りて

茂吉記念歌集

足音の遠ざかる如き五十年このよき人の跡を偲ばむ

即日吟詠

わが街の豊かになりししるしとぞ浜の光りのかがやかに見ゆ

略年譜

明治四十四年（一九一一）
二月十五日、関東州旅順市月見町五八番地（現中国遼寧省大連市旅順口区）に、父孫一、母ミサヲの長男として生まれた。父は兵士として日露戦役に出征、旅順攻撃（二〇三高地攻略）に参加したが、後ふたたび租借地旅順に渡り、関東庁の旅順民政部に農林技師（兼旅順苗圃事務所長）として勤務、かたわら果樹園を営んだ。

大正六年（一九一七）　六歳
四月、旅順市第二小学校入学。

大正八年（一九一九）　八歳
十二月十五日、父孫一急性肺炎のため逝去。享年四十四。

大正九年（一九二〇）　九歳
祖父母在住の本籍地広島県賀茂郡西志和村奥屋（現東広島市志和町奥屋九二八番地）に、母、弟と共に帰った。西志和小学校転入学。

大正十二年（一九二三）　十二歳
母と共に広島市に出住、広島市幟町小学校転入学、三月同校卒業。
四月、広島県立広島第一中学校入学。

大正十四年（一九二五）　十四歳
中学の英語教師土居寿夫（アララギ会員）の影響で短歌に関心を持ち、作歌をはじめた。

大正十五年（一九二六）　十五歳
中学の級友数名と共に文芸同人誌「路」を刊行し、短歌を発表した。

昭和三年（一九二八）　十七歳
三月、広島県立広島第一中学校卒業。
四月、広島高等学校文科甲類入学。

昭和四年（一九二九）　十八歳
広島から発行の歌誌「山脈」に入会、寺本正、当時中学生だった金石淳彦らと作歌に競い、同誌の編集を担当した。のちに近藤芳美も同誌に参加した。
広島高校短歌会（国語教授北島葭江指導）に参加、また同校文芸部（英語教授大谷繞石部長）の委員として部誌「皆実（みなみ）」編集、小説や短歌を発表した。
十一月三日、広島アララギ歌会ではじめて中村憲吉に会った。

昭和五年（一九三〇）　十九歳
五月六日、憲吉指導の広島アララギ歌会に出席した。
「アララギ」に入会、七月号に中村憲吉選歌で六首掲載、以後毎号発表された。
十一月三十日、土居寿夫と共に広島県双三郡布野村に中村憲吉を訪ねたが、欧州から帰途の平福百穂と満鮮から帰途の斎藤茂吉を布野の自宅に迎えて前夜一泊、その日広島まで見送りのため不在だったので、近くの三次町の香川旅館で憲吉の帰りを待って面接、指導を受けた。

昭和六年（一九三一）　二十歳
三月、広島高等学校卒業。
四月、京都帝国大学文学部英文学科入学。

四月十八日、大阪で行われた関西アララギ大会で斎藤茂吉、中村憲吉、土屋文明の講習会を聴き、翌十九日の歌会においても指導を受けた。

二十日には、茂吉、憲吉を京都大学文学部に迎え、学内を案内した。

京都アララギ歌会（会場、紫野大徳寺町来光寺）に毎回出席した。

昭和七年（一九三二）　二十一歳

四月、京都帝国大学文学部国語国文学科転入学、澤瀉久孝に就いて学び、万葉集を中心とする古代文学を専攻した。

昭和八年（一九三三）　二十二歳

四月十二日、広島市外五日市浜に療養中の中村憲吉を見舞った斎藤茂吉に随伴し、歌会の後宮島で同宿した。

八月、アララギの比叡山安居会に参加、終って土屋文明に従い、八日、広島県双三郡布野村の自宅に中村憲吉を見舞った。

昭和九年（一九三四）　二十三歳

中村憲吉（五月五日逝去）の訃報を京都の下宿で受け、五月八日の布野における葬儀に、岡麓、斎藤茂吉、土屋文明らに従って列した。

「アララギ」六月号から土屋文明選歌に移った。

昭和十年（一九三五）　二十四歳

三月、京都帝国大学文学部国語国文学科卒業。卒業論文「賀茂真淵の万葉学」。

京大短歌会の合同歌集『京大歌集』に参加して「北白川吟」を発表した。

四月、広島県立呉第二中学校教諭となって赴任、呉アララギ会員（渡辺直己その他）と交遊、作歌にはげみ、翌十一年三月土屋文明を歌会に招いた。

十月、最初の論文「万葉集『長門島』考」を京都大学国文学会会誌「国語国文」（第五巻第十一号）に発表した（以降の論文発表は多数につき、すべて省略する）。

昭和十二年（一九三七）　二十六歳

四月、京都府立第一高等女学校教諭となって転任、同校内の橘短歌会で多数の生徒の指導に当った。

再び京都アララギ歌会に出席するようになったが、別に京大生の高安国世、金石淳彦、和田義人らと京大アララギ会を起し、青少年層の歌会をつづけた。

昭和十四年（一九三九）　二十八歳

十一月、最初の学会講演「中村憲吉論」（京都大学国文学会）を行った（以降の学会における講演、研究発表、また一般の講演、シンポジウムなどは多数につき、すべて省略する）。

昭和十七年（一九四二）　三十一歳

七月六日、妹美代子逝去、享年二十三。十二月二十一日、弟青生逝去、享年二十七。

第二高等学校教授となって仙台に赴任の途十一月五日、東京で青山脳病院に斎藤茂吉を訪ねたところ、さそわれて青山斎場における北原白秋（十一月二日逝去）の葬儀に随行、参列した。

仙台では伊達宗雄、桜井平喜らの仙台アララギ歌会に参加し、また二高短歌会（生徒玉城徹ら）を随時催した。

昭和十八年（一九四三）　三十二歳

兵役の召集令状（赤紙）が来て、郷里広島の連隊に出頭、検査の結果何の異常もなかったが、「学校教員として国内にとどまり、教育に専念するように」とて不合格を宣告され、即日帰郷となった。その部隊はただちに中支に派遣され、戦闘に巻き込まれ全滅した由。

昭和二十年（一九四五）　三十四歳

数年前から澤瀉久孝、土屋文明監修の『新校万葉集古義』（開成館）出版のため、その調査、校訂、執筆を小市巳世司、宮本利男、福田みゑらと担当し、東京でしばしば編集の会合を行ったが、五月二十五日東京空襲で、製本済みの巻、その他の原稿、資料すべて焼失、ついに未完に終った。

二高の生徒を引率して群馬県渋川町の関東電化工場に勤労動員中、土屋文明の群馬県吾妻郡原町川戸に疎開のことを知り、六月二十三日疎開先を訪ねて一泊、その時、東京空襲でアララギ会員名簿の原本すべて焼失したものの辛うじて残った副本を預って仙台に帰り、二高短歌会の生徒に書写させたが、七月十日仙台空襲で下宿や寮の燃える中を、彼らはまっさきにその名簿を持ち出した（戦後、アララギ地方誌が各地で創刊された時、この名簿の複写分をそれぞれ送って、会員への連絡の便に供した）。

終戦直後八月二十一日、群馬県渋川町の工場より二高生の勤労動員引揚げ完了後、再び原町川戸に土屋文明を訪ねた。「アララギ」および『万葉集私注』巻一の原稿を預って持ち帰るよう依頼され、仙台の印刷所で引き受けたが、仙台の印刷所も大半罹災して、共に実現不能となった。

昭和二十一年（一九四六）　三十五歳

七月、東北アララギ会を結成し、「群山」を創刊、その編集責任者となった。

十一月二十三日、四日、山形県大石田町に疎開中の斎藤茂吉を見舞った。

十二月末、『中村憲吉』（青磁社）を刊行した。

昭和二十二年（一九四七）　三十六歳

八月九日、山形県大石田町に疎開の斎藤茂吉を見舞い、同夜結城哀草果宅に一泊の上、翌十日、茂吉指導の山形アララギ歌会に出席したが、さらに十月五日にも茂吉帰京送別の山形アララギ歌会に出席した。

昭和二十三年（一九四八）　三十七歳

六月、東北大学教授土居光知、同助教授桑原武夫らを中心とする東北文芸協会の幹事となった。

宮城刑務所の短歌指導のため、本年より毎月一回同所に赴いて歌会を行い、収容者の文芸月刊誌「あをば」の選評を担当して、晩年まで継続。

八月、土屋文明を迎えて、東北各地でアララギ歌会を催した時、仙台では特に宮城刑務所全収容者のために土屋文明の講演「生活と文学」と歌会指導とが行われた。また土屋文明に従い、石巻、山形県大石田町に赴いて同宿した。
十二月八日、妻利枝と結婚した。

昭和二十四年（一九四九）　三十八歳

五月、創立の宮城県歌人協会の幹事となった。
九月、創立の日本歌人クラブの幹事となった（のち、名誉会員）。

昭和二十五年（一九五〇）　三十九歳

三月、東北大学助教授となった。
学内に東北大学短歌会を結成し、歌会を主宰すると共に年刊歌集、機関誌などを発行した。
四月、アララギ新人合同歌集『自生地』（白玉書房）に参加して、「葉脈」を発表した。
七月、第一歌集『北西風』（群山発行所）を刊行した。

昭和二十六年（一九五一）　四十歳

八月、合同歌集『不同調』（北方短歌懇話会）に参加して「麦の歌」を発表した。

昭和二十七年（一九五二）　四十一歳

十月、四人合同歌集『候鳥』（長谷川書房）に参加して「葉序」を発表した。

昭和二十八年（一九五三）　四十二歳

三月二日、築地本願寺における斎藤茂吉（二月二十五日逝去、享年七十一）の葬儀に参列した。
七月、宮城刑務所の短歌指導により、「社会を明るくする運動」の功労者として法務大臣表彰。

昭和二十九年（一九五四）　四十三歳

六月、宮城県歌人協会を改組した宮城県短歌クラブの幹事となって、現在まで継続した。

昭和三十年（一九五五）　四十四歳

十月十六日、「群山」第十巻記念全東北アララギ歌会を仙台で、土屋文明、結城哀草果を迎えて行った。

昭和三十一年（一九五六）　四十五歳

一月二十九日、東京における現代歌人協会の発起人会（兼創立総会）に招かれて出席、同協会員となった（のち、名誉会員）。

昭和三十二年（一九五七）　四十六歳

四月、東北大学教授（教養部、文学部、大学院文学研究科担当）となった。

昭和三十三年（一九五八）　四十七歳

東北文学調査会結成、その代表者となり、機関誌「東北文学論集」を六月、創刊した。
季刊短歌同人誌「灰皿」に参加、二号から作品を発表した。

昭和三十八年（一九六三）　五十二歳

十月、「群山」が本年度日本短歌雑誌連盟賞を受けた。

昭和三十九年（一九六四）　五十三歳

五月、結成された宮城県芸術協会に参加、その後（昭和四十五年八月）理事となった（のち、顧問）。

昭和四十二年（一九六七）　五十六歳

四月、東北大学教養部長（兼評議員）となり、数年間大学紛争の渦中で、その責任者として収拾のため学内外に奔走した。

昭和四十三年（一九六八）　五十七歳

万葉学会々長澤瀉久孝、静岡における同学会講演の翌朝（十月十四日）旅宿にて急逝、享年七十八。

昭和四十四年（一九六九）　五十八歳

九月、大学紛争による過労で東北大学教養部長を辞した。

昭和四十七年（一九七二）　六十一歳

九月、第一回全国短歌大会（現代歌人協会主催、朝日新聞社後援）の選者となり、晩年まで継続。

昭和四十八年（一九七三）　六十二歳

十二月十七日、母ミサヲ逝去、享年八十八。昭和二十年広島で原爆を浴びたが、その後仙台に移って生を終えた。

昭和四十九年（一九七四）　六十三歳

四月、東北大学を停年退官、東北大学名誉教授となった。

七月、結城哀草果（六月二十九日逝去）の後を継いで河北新報の河北歌壇（週一回）選者となった。

昭和五十年（一九七五）　六十四歳

四月、東北福祉大学教授となった。

五月、第一回斎藤茂吉追慕全国大会（山形県上山市で茂吉生誕日五月十四日に行う）の運営委員（のち、兼理事）となり、以後毎年の開催に協力した。

六月、第一回宮城県短歌クラブ賞を受けた。

昭和五十二年（一九七七）　六十六歳

七月、東北地方在住の研究者を主とする万葉研究会結成、代表者となり、「万葉研究」（五十四年一月創刊）を発行し、現在に至る。

十月、大伴家持顕賞会結成、その代表者となって第一回「大伴家持記念のつどい」（会場、宮城県多賀城市東北歴史資料館）を開催し、毎年継続。

十一月、宮城県教育文化功労者表彰を受けた。

昭和五十五年（一九八〇）　六十九歳

一月、「短歌の創作指導と研究にあげた功績」によって第二十九回河北文化賞（河北新報社、東北放送）を受けた。

六月、第一回毎日全国短歌大会（日本歌人クラブ、毎日新聞社共催）の選者となって、毎年継続。

十月二十五、二十六日、「群山」四〇〇号記念大会および記念歌会を仙台で催した。

昭和五十六年（一九八一）　七十歳

一月十三日、新年歌会始陪聴。

二月、現代歌人叢書『野葡萄』（短歌新聞社）を刊行した。

三月、東北福祉大学を停年退職、非常勤講師（昭和五十九年まで）となった（宮城学院女子大学日本文学科の非常勤講師は、昭和二十八年以降毎年継続）。

三月二十日から二十九日まで「中国歴史文化の旅」の団長となって、北京、西安、上海、蘇州を巡歴した。その後、昭和五十七年（欧州）、同五十八年（中国）、同五十九年（欧州）、同六十三年（中国）も海外旅行をつづけた。

十二月、『扇畑忠雄研究』（短歌新聞社）が刊行された。

昭和五十七年（一九八二）　七十一歳

六月、福島県広野町の二つ沼に万葉の東歌「沼二つ通は鳥が巣吾が心二行くなもとなよ思はりそね」を揮毫した歌碑が建立された。

昭和五十八年（一九八三）　七十二歳

四月二十九日、叙勲、勲三等旭日中綬章を受けた。

六月、仙台市政功労者表彰を受けた。

九月、『万葉集—その歌と心』（東北大学教育開放センター）を刊行した。

昭和五十九年（一九八四）　七十三歳

四月、日本現代詩歌文学館振興会が設立され、副会長に就任した。

昭和六十年（一九八五）　七十四歳

五月、『近代写実短歌考』（桜楓社）を刊行した。

昭和六十一年（一九八六）　七十五歳

九月、『万葉集の発想と表現』（桜楓社）を刊行した。

昭和六十二年（一九八七）　七十六歳

五月、歌集『沼より沼へ』（四季画廊）を刊行した。

十月、東北地方篤志面接委員協議会長表彰を受けた。

平成元年（一九八九）　七十八歳

四月一日、日本現代詩歌文学館長に就任した。

同月、宮城県大衡村にオープンした〈昭和万葉の森〉に万葉集巻一の巻頭歌雄略天皇の「こもよみこ持ち…」を揮毫した歌碑が建立された。

平成二年（一九九〇）　七十九歳

五月二十日、日本現代詩歌文学館開館記念式典に館長として出席した。

十二月八日、土屋文明逝去。享年百。十二月二十三日、青山葬儀場における「お別れの会」に参列した。

平成五年（一九九三）　八十二歳

二月、「歌壇」が〈今月のスポット・扇畑忠雄〉を組む。

同月、「短歌四季」夏号が特集〈扇畑忠雄アルバム〉を組む。

十月、「冬の海その他」（「短歌現代」前年三月号）により、第二十九回短歌研究賞を受けた。

平成六年（一九九四）　八十三歳

二月、「アララギ」一千号記念号巻頭に「アララギの芽生え」を寄稿。

七月、宮城県涌谷町にオープンした〈わくや万葉の里〉（天平ロマン館）に柿本人麻呂の「ひむかしの野にかきろひの立つ見えてかへりみすれば月かたぶきぬ」を揮毫した歌碑が建立された。

平成七年（一九九五）　八十四歳

十月十四、十五日、「群山」第五十巻記念大会および記念歌会を行った。翌八年、「群山」新年号を第五十巻記念号として刊行した。

『扇畑忠雄著作集』全八巻（おうふう）が十月第一巻を刊行し、月刊をつづけて翌八年五月完結した。

十二月、財団法人斎藤茂吉記念館理事に就任。

平成八年（一九九六）　八十五歳

十二月、『扇畑忠雄著作集』全八巻により、第十九回現代短歌大賞（現代歌人協会）を受けた。

平成九年（一九九七）　八十六歳

九月、旧制二高船岡勤労動員記念碑が、二高時代の教え子たちによって宮城県柴田町に建立され、短歌三首が刻まれた（仙台大学構内）。

同月、韓国ソウルで開かれた詩歌文学国際学術会議に詩歌文学館館長として出席し、「和歌から短歌へ」と題した講演を行った。

この年、「アララギ」の廃刊が発表され、存続を求める文章を新聞・雑誌などにたびたび発表したが、十二月号をもって終刊となった。

平成十年（一九九八）　八十七歳

四月、仙台文学館（翌年開館）の運営協議会会長に就任。

十一月、短歌新聞社文庫の一冊として『北西風』が再版された。

十二月、自選歌集『菜心居抄』（扇畑忠雄米寿記念刊行会）を刊行。

平成十一年（一九九九）　八十八歳

二月、仙台市江陽グランドホテルで米寿記念祝賀会が開かれた。

四月四日、テレビ番組「うたの歳月―歌人扇畑忠雄と刑務所」が仙台放送ほかで放送された。

六月十日から七月八日まで、「河北新報」の〈談（かたる）〉欄に五回にわたってインタビュー記事が掲載された。

七月、仙台特別市政功労者表彰を受けた。

平成十二年（二〇〇〇）　八十九歳

この年、日本現代詩歌文学館の開館十周年を記念する諸々の行事を行い、十二月、館長を勇退した。

十一月、自選歌集『窓の内外抄』（扇畑忠雄卒寿記念刊行会）を刊行。

平成十一年、十二年、二回の癌の手術を受けて回復した。

平成十四年（二〇〇二）　九十一歳

一月十五日、宮中歌会始に召人として招かれた。歌は「春の野にわが行きしかば草なびけ泉かがやくふるさとの道」（題詠「春」）。

四月四日、宮城県多賀城市の国府多賀城駅前広場に歌碑が建立された。

歌は「多賀城に立ちて落日に向ひけむ家持をおもふまぼろしの如」。

以上は自筆による、《特別企画展》「扇畑忠雄展―学と芸の総合」（日本現代詩歌文学館）の図録にほぼ従った。

平成十五年（二〇〇三）　九十二歳

三月二十二日から四月二十七日まで、日本現代詩歌文学館（岩手県北上市）にて、特別企画展「扇畑忠雄展―学と芸の総合」を開く。

八月十一日深夜、小脳内出血にて緊急入院。以後、長期の療養とリハビリが続く。

「群山」への出詠は、九月号（通巻六七七号）の次の六首が最後となった。

アカンサスのことしの花梗乏しきは梅雨長かりし冷夏の故か
梅雨冷えの日々につづけば怠りて布団の中に身を潜めをり
踏み応《こた》へなきわが脚となりにけりよろめきて立つは手力《たちから》による
車椅子にて病室の廊を渉りつつわが行く末を思ふことあり
地震あり乱れ散りたるものの中雑誌のたぐひ踏み越えてゆく
祇園会の長刀鉾のちまきとぞ君のたまものと壁に吊りたり

十二月二十五日、リハビリの一環として、「即日吟詠」と題する次の一首を書いた。力強い筆跡である。この作品が辞世の歌となった。

　わが街の豊かになりししるしとぞ浜の光のかがやかに見ゆ

平成十七年（二〇〇五）　九十四歳

七月十六日、入院中の病室にて午前二時五十六分、呼吸不全で逝去。享年九十四歳五ケ月。
仙台市の葬祭会館「斎苑」にて、七月二十日通夜。七月二十一日に葬儀及び告別式を行う。喪主は長男の扇畑勝行。参列者約七百名。弔辞は東北大学名誉教授・斎藤茂吉記念館々長片野達郎、「新アララギ」代表宮地伸一、日本現代詩歌文学館々長・現代歌人協会理事長篠弘、東北アララギ会「群山」編集部代表徳山高明の諸氏。弔電は宮内庁式部官百武伸茂、東北大学総長吉本高志、短歌新聞社々長石黒清介の諸氏ほか約六百通。
法名、法澄院釋群生居士

八月二十五日、「群山」第六十巻第七百号記念号を発行。
十月二十日、群山第六十巻七〇〇号記念合同歌集『青葉風』を刊行。

平成十八年（二〇〇六）

七月十六日、『扇畑忠雄追悼集』刊行。

平成二十三年（二〇一一）

四月十六日、仙台文学館庭園に扇畑忠雄歌碑除幕。

　雪の原青々と翳る時のありいづこともなき北のふるさと

初句索引

あ

会津の国　三三
相共に
―国の内と外　二三一
―携はりたる　一四九
相並ぶ　二八三
青々と　二二一
青い毬を　二六〇
「青い地球」と　三二七
青き峡　八七
青き国　三一
仰ぎたる　八二
青き屋根　一〇六
青白い　二五六
「あをば」あり　一一〇
青葉風　三四七
青葉山と　二八
青葉山の　二九
青みどろ　五八
青森の　五四
青山の　二八六
赤狩りの　六八
赤き舌　三三八
赤き肉　三三五
赤城山　一一九
赤米は　一〇一
アカシヤの　八九
赤十茎　四五
赤に黄に　三三〇
赤濁る　一〇三
アガリスク　二九五
アカンサス
―栄ゆる花も　二五九
―咲きのぼりゆく　一六三
アカンサスの
―花梗幾十　三二八
―花梗伸び立つ　一四〇
―ことしの花梗　三四七
―咲き昇りゆく　二四一
―伸び立つ花梗　三〇八
秋たけて　三三四
秋田路に　九四
秋づけば　三二三
秋と冬　二七四
秋の雲　五一
秋の末　三二二
阿騎の野に　一五
秋の日の
―曇りに沈む　一六五
―すがしき径を　一八〇
―光澄みたる　一〇四
飽き易く　七〇
あくがれの　四五
木通の実　二七四
朝々の
―食事をパンと　三三〇
―新聞に知る　二四五
―森林浴に　三三三
―郵便を待ちて　一六二
朝起きて
―深呼吸する　二四五
―水道の水を　二〇一
朝戸出に　二一一
朝の日の　一四六
朝の窓　一九五
薊咲く　一三四
鮮やかな　一四四
朝よりの　二七〇
足音の　三五七
足衰へ　八四
紫陽花の　七八
紫陽花を　七八
足高く　一八四
脚たゆく　一八九
足たゆく　五七
足と腰
―弱くなりつつ　三三三
―弱るにいまだ　一九〇
―弱れば歩み　二四五
足萎えて
―老いをみづから　二四七
―巷に出づる　三〇四
―杖にすがれば　二九四
―見るべきものも　二九六
足萎えの　三〇九
足の冷え　三四三
脚のみに　二四二
葦浸す　二四
馬酔木には　一四六
馬酔木の花
―すでに朽ちて　二七〇
―ややつぼみたる　七六
脚冷ゆる　一二
足踏みて　一四六
脚病みて
―土を踏まねば　三三五
―吾は立てねど　三一九
足病むと　八四
脚病むに　三四二
脚病めば
―書店をめぐる　三五五
―土に下り立つ　三四九
―踏むべき土も　三三一
―行きも能はぬ　三五三
足弱く　二四九
脚を挙げ　一七一

小豆粥 一四〇
明日よりは 五三
汗を噴く 一四〇
与へたる 一〇七
新しき
—インク瓶一つ 一二六
—世紀「新しき 二九八
—世紀といへど 三一九
—世紀に逢はむと 二九一
—世紀に生きむ 二七九
—世紀に吾の 三四八
—世紀の中に 三三九
—世紀を迎へ 三一七
—年に新しき 三五三
—年には新しき 三四八
—年にわが待つ 七四
—年のあたらしき 一四三
—年の光りぞ 三〇五
—年迎ふべき 二〇一
—マンションの一角 二〇四
—世にあくがれし 一八
—世に新しき 三三九
—世に遠ざかる 二九六
—童謡にもならぬ 六三
あたらしき 二一四
新しきを 九八
新しく
—移るべき世に 三三一
—曾良を副へたる 八七
暑からぬ 二一八
暑き日の 三三〇
暑き日は 一四〇
暑くなれば 三一
暑さ過ぎ 二四三
安比川に 二七三
淳彦も 七三
穴ごもる 一八四
アフガンの
—空に閃く 三三一
—谷間をのがれ 三三二
—洞窟より洞窟に 三三五
アベリヤの 一三四
あまつさへ 五五
天つ路を 九二
天飛ぶや 三五〇
網張りて
—鶉を狩りし
—幼き日 七八
—昴ぶりよ 二一七
雨と風 一一三
雨に来て 四三
天の下 三一
雨の昼 四二
雨の降る 四六
雨止みて 九〇
アメリカでは 二七五
愛子といふ
—駅名にわが 三二一
—小さき駅あり 八七
歩み来り 二二六
歩む足 一九八
荒々しく 二九六
あら草の 一七
アララギとは 二〇六
アララギは 二三〇
アラン島の 一〇三
アルカイダと 三三二
歩かねば 二〇四
歩きつつ 八四
「ある台湾 六八
古い橋（アルツブリュッケ） 二九
或る日わが 三三九
淡々しき 一六三
淡みどりの 一一五
安保とは 一八八
暗緑の 一五〇

い

家出づる
—ことなき日々の 二
—こと稀れ稀れに 三二
家毎に 八七
家ごもる 二一三
家さかり 二六二
癒えたれば 四三
家びとに 二三七
伊香保より 一〇二
壱岐坂は 三〇
息すれば 二二七
生きてゴッホに 六九
憤るは 一六八
「生き残り」 七九
壱岐の島に 一二三
壱岐の島の 二八
幾たびか
—来て真野川を 六一
—古墳の壁画 二四八
—地吹雪立ちて 一六九
—夢を夢みて 三一六
幾百の 二〇二
幾変転 一七六
幾本か 一四三
幾宵か 二三七
生くる日の 三〇五
生くる日を 三〇二
いささかの
—上りの道も 七一

—白内障に 一八四
意識下の 八三
意識なく 二八三
石の廊 二〇三
石道の 一二九
石焼きの 一三六
石廊を 三〇八
伊豆伊東より 一六五
一時間 三一七
無花果も 七二
一族に 二九三
一族の 一一九
いち早き 二四
一夜明けて 一八
一夜にて 二五四
イチローに 三〇三
一過性 一七五
「いづくとも 二九八
一国の 三一九
「一茶父の 五八
いつしかに
—秋となりたる 七二
—濃きくれなゐの 三五一
いつ知らに 五〇
一遍上人 一八
出で入りに
—桜の下の 一六一
—わが手に触るる 一八七
出で入りの 一一〇
井出の道 一一八
胃と腸の 二九五
医と文と 二〇七
稲作の 一一二
否めざる 一七三
否も諾も 一七
いにしへの
—跡を尋ぬる 一四七
—「美しき魂」 二一六
—記録も地震に 一二九
—砂金を採りし 一四五
—真野は心の 二三四
いにしへを
—しのぶ心に 一一五
—偲ぶよすがの 一八〇
—深く究むる 六二
犬死にて
—綱曳くことも 一四二
—行くこともなき 五五
犬死ねば 八五
寝ねてより 一三八
医の君の 三〇九
命ある 一〇九
命の後 三三四
医の人と 一四八
イブの像 二〇四
異変にて 七二
「今会つても 七〇
今さらに
—何ぞ先住 二〇八
—若かりし父の 二四七
今しばし 二六九
今となつては 一四四
今ゆ後
—アララギの名を 一八八
—五十年の末は 一五二
今よりのち 一四四
射水川 五三
妹も 一〇一
否應も 二七四
伊予の国 二四
入聟の 二一〇
入りゆかむ 二四
色さびて 一三五
囲炉裡べに 一九二
岩手県 七五
岩手山 一三五
岩手より 二七三
岩走る 一一四
岩山の 三〇四

う

うからと 二三〇
うからを 三一
浮巣ある 一九二
動かざる 一九七
牛飼ひの 二三三
失ひし 一五六
喪ひし 三四九
失はれし 二四三
うしろより 二二九
歌ありて 三三
疑ひて 一九四
宇陀川を 一五
歌作り 四〇
歌作ると 一三
歌作るのが 六三
歌に詠む 二八六
歌により 四〇
歌の人 二〇七
歌のみに 三二八
歌びとの 二六一
歌枕 三三九
歌詠むを 三五六
内海の 四七
撃ち込みて 三〇

打ちつけて　二五五
宇宙とは　二一一
空木の花　七六
移し植ゑ　一五七
うつしゑに　六七
移したる　二一九
うつし身に　九一
うつし身の　一七五
うつし身は　二八二
うつつには　七七
移るものと　二〇三
腕に巻き　二一六
鰻食ひて　三四九
鰻焼きて　二一八
鰻屋に　四二
生まれしは　三四四
生まれしより　一〇九
生まれたる
—跡に立つ日も　二九八
—旅順月見町　二九四
海青き　二一七
海越えて
—運びし栗の　三一四
—吹きくる風か　一三五
—又まみえざらむ　一二六
生み給ひし　二六二
海近き　二一五
海近く　三二四
海づたひ　三一一
海凪ぎて　一三三
海の上に　一九二
海のかなた　一六三
海の香を　四二
海のはて　三三
海のもの　二一六
梅散れば　一九五
梅低く　二三三
裏返り　五三
裏戸出でて　一八七
漆紙　二一一
漆紙の　一四五
運河越え　五四
運河沿ひ　二六
運動会の　一六四

え

鋭角に　二五
駅前の　一八五
エゴノキの　七八
蝦夷のアテルイ　八六
蝦夷のかしら　八五
枝打ちし　三〇七
枝打ちて　二九一
枝々の　七六
枝交はす　二九一
枝伐りし　二九一
枝伐りて　一四二
枝分れ　三四五
越中の
—守たりし壮き　五二
—国府の址の　五二
胡子祭り　一六〇
MRI（磁気共鳴映像機）の　二〇
MRIの　二七八
襟巻は　三九
エルニーニョ
—現象か夏の　一八九
—現象といふ　三三五
—赤道圏の　三一九
エルニーニョの　二三三
沿線に　三四六
沿線の　三四三
鉛筆の　三五〇
鉛筆を
—削りけづりて　一七一
—削るに今に　一三二

お

老いさびて　三一四
老いさぶと
—いふにあらねど
—否めざる　三三三
—病む脚の　二九八
老いし身は　三三七
老いし眼の　二一九
老いたりと　二七三
老いたるも　二一六
老いてなほ
—美しきもの　六二
—少年の日に　二一八
老いて世に　七〇
老いてより
—心澄むとに　二〇〇
—仕合せな世に　一五八
—なほ伸び易き　二五三
老いの足　二六
老いの手を　一一七
老いの眼は　一六八
老いゆくは　二五八
老いゆくを　三五六
奥羽山系　二一四
扇畑と　二七三
「王敬」　一六
大石田に　三三八
大いなる　一五〇
大川に　二五〇

大き甕に　一六六
多く亡き　二六〇
多く見て　三一四
多く読まず　二五三
大野山の　四三
公の　二八六
大雪と　三〇〇
大雪を　二二七
丘沿ひの　九二
丘の上の　一一一
丘の陰　二四〇
置賜に　二三一
置き忘れし　三九
奥甲子の　三三〇
送られて　一九三
後るるは　一七一
怠りし　一七五
怠りて
―仕事溜れど　二
―年越えたれば　一三三
―易きに就かむ　九二
幼かりし　三三四
幼くて
―脚気を病みし　一六三
―わが遊びたる　三三
おしなべて　一〇二
伯父の家　一一八
おそく寝て　一三〇
おそ夏の　五一
怖るるに　一九四
怖れつつ　八八
落ち合ひて　七〇
落葉散る　二五七
お茶の水より　一五四
乙二の句碑　一五九
弟と　三三四
少女像　一一六
衰へし
―狸といへど　一〇七
―わが腸ややに　三一五
おのが身に　二九二
己が身に　二三
己が身の　一七三
おのづから
―哀へゆかむ　二
―窮まる命と　一六三
―極楽寺址に　一三三
―時移ろへば　一九五
―滅びむものか　三〇七
おぼほしき　一七一
思ひ出づ　七一
思ひ出づる　二五五
思ひきり　一七二
思ひ出の　一三三
思ひ出は　三〇五
重苦しき　二四九
折り折りに
―光の透る　一六三
―雪降らしむる　一七六
オルガンも　一六四
オルガンを　三三九
愚かなる　一七〇
追はれたる
―イラクの民の　三四六
―イラクの民を　三五一
湯泉の　一一四
音程の
―狂ひし先生に　一六四
―はづれし先生に　三三九

か

ガードくぐり　五八
階下より　六七
海峡を
―越えくる風は　一一七
―へだてて相向ふ　二〇六
外出は　九九
海草の湯　一五九
階段の　三三
咳痰の　一七五
階段まで　二三七
階段を　一六〇
回天軍
―神機隊長
―たりき曾祖父　二一〇
―わが曾祖父　二三五
外燈の　二七五
甲斐の国　四二
峡の町
―秋の茂りの　一〇四
―鶏頭の花　一三四
峡の間の
―斑雪の上に　三一
―初瀬より室生に　一五
峡の間を　二四
峡のみち　四一
峡の道に　二六二
海彼海此　三三
峡深く　二八五
解剖学　三八
解放の　二九四
買物の　一八四
峡ゆきて　三三〇
街路樹の
―槻のもみぢに　三五五
―白木蓮を　三一八
帰り来て　七五

帰りける　二七
帰るべき　一〇四
加賀乙彦の　一七三
掲げたる　一八一
かがやきて　一六六
かがやきも　五四
関はりて　一一〇
書き溜めし　一九二
柿の木の　一四二
限られて　二九四
学園は　二五五
かく老いて　二六七
学士会館の　一五七
学生演劇の　六一
学生の
—君に会ひてより　一四八
—下宿を継ぎて　三〇
萼散つて　二〇五
学と芸と　六三
学徒出陣　七九
学都仙台を　二九
角館に　二〇七
革命歌　六八
革命前の　八八
隔離病舎に　二九四
かぐはしく　一四六
駈落ちの　九四
欠けし歯に　三四九
欠けし歯を　二四五
崖のある　二二二
影のごと　二一三
影の如　二一四
翳の如き　三四
翳もちて　二八三
崖のみち　一六一
崖の下　一六七
花梗幾つ　九一
花梗二つ　五〇
過去なべて　二一四
鵲の　一九一
傘さざず　四三
重ねくる　二〇〇
重ねたる　二四六
風花の　二五四
風向きに　二八五
歌集編むは　一六八
歌集の名　六三
歌集より　二五七
数々の　二五九
微かなる　六六
火星の　一九〇
風の音
—ここにとどかぬ　一〇五
—絶えたる森の　一一六
風邪ひきし　二四五
風吹けば　二〇二
風邪守り
—家ごもる日の　五九
—襟巻をして　五六
数ふれば
—老いの病幾つ　二九六
—なほ三つ四つ　一九四
—庭に滅びし　三五一
家族らを　一七七
堅香子の　七六
像なき　二九三
肩冷えて
—しばしば覚むる　三一七
—目覚むる日々や　三五〇
片耳の　四六
片寄りに　六六
学校より　三〇四
活断層　一二八
哀しみは
—怒りに似たり　三
—底ごもる如　三
かの丘に　九一
かの日より　一一九
樺色に　五七
歌碑の字を　二〇〇
壁砕け　三〇
壁白き　二七九
壁に貼り　六七
蒲の穂を
—幾もと古き　一五八
—手に折り持ちて　七七
髪清く　一四
上つ毛の　一一九
上つ毛より　一三〇
神を呼ばふ　一八七
亀戸に　三三四
痒き背を　三四九
痒きところ　五六
痒きを　二九二
痒ければ
—掻かざるを得ず　二四六
—掻きて目覚むる　七九
辛くして　二九〇
枯らしめし　三〇八
ガラス戸の　二五〇
ガラス戸を　一五五
硝子戸を
—透して冷ゆる　三三二
—へだてて狸と　一〇七
—よぎり散りゆく　六六
硝子窓　二〇一
樺太逃亡　六一
からむしの　三三七

刈り込みて　一三三
仮釈放に　二〇三
刈り除けて　三三〇
かるがるしく　一七七
枯葦を　五四
枯れ芦を　二五六
枯れ枯れて　二三八
枯木立の　二五七
枯れしかと　二三九
からうじて　五六
川あれば　三四六
川上に　一九七
川岸の　二五
川沿ひに　二四〇
川沿ひの
—今日行く道に　五〇
—道より出でて　一三五
—宿に見下ろす　三四四
川といへど　八三
川戸の家　一一九
川に溺れ　八三
川に沿ふ
—小さき冬の　三九
—旅を思へど　三三六
川二つ　一〇五
川へだて　二一四
川鱒の　一九九
考へず
—読まず書かざる
——一日を　二七三
——数時間　九八
韓国語　一九一
韓国の　一五三
関西弁では　一七六
環状の
—石に交りて　三〇六
—列石群に　三〇六
感情は　三一四
「感情は　二八〇
神田通り　一五五
寒暖の　一四四
癌転移　三四七
癌転移の　三四七
関東州　一〇九
寒と暖　二四六
甘美なる　二五七

き

記憶やや　三一五
記憶力
—衰へざりし　一三九
—衰へたりや　三四九
祇園会の　三四八
気温とみに
—上りしと思ふ　一九六
—上りし日ごろ　一五六
聞こえぬを　七四
きさらぎに　二四五
きさらぎの
—或る日一人の　二五五
—風に竹林　一〇〇
—森吹く風は　一一六
きさらぎを　一一六
義歯欠けて　二〇三
岸にたどり　八三
雉子の声　一五
岸のなき　二四四
気象異変　八一
傷つきて　二五
偽装とは　三一七
北上川
—岸の並木の　六九
—流域を住む　六二
北上川に
—しばし沿ひゆく　一三五
—沿ひゆく森の　九一
北上の　三四六
北ぐにの　一六七
北国の
—冬凌ぐべく　二一九
—林檎を食ひて　三五〇
北仙台　三三一
北のくに　二一六
北の国に　二九八
北の国の
—人となりてより　一〇四
—風土になじむ　三一〇
北の涯　一七七
北を守る　一四二
着流しに　四五
黄に照りて　二六六
木に残る　二八一
黄の色に
—咲ける彼岸花　一四三
—夕べの雲の　二八一
きのふ今日　一一二
紀の国の　二七四
木の下の　二五〇
気の進まぬ　九九
黄の花の　一三八
木の物は　七二
黄ばみたる　九〇
きびしかる
—機構の中に　二六二
—勤めのままに　三三七
黍畑に　七八
「君が代」の　二六〇

気短を 一六七
君の命 二九九
君の歌 二八五
君の歌に 二二一
君の歌の 二八六
君の弟の 一四
君の性 三三七
君の職 一七八
君の住む
—八戸の街を 三一
—花輪の里を 二三二
君の朗読 一二
君は珈琲か 三三八
君よりの 八四
着物きて 八一
着物ながら 二五五
着物のまま 二三六
逆転の 三三二
救急車に 一七五
救急の 二七五
休耕を 三一八
休日は 一八九
九州の 七四
旧石器の 六七
旧道は 一〇二
旧陸軍の 八二
今日暑く 一九七
教会の 一五三
共産の 五六
教室に 三三八
教室の 二五五
教授すなはち 一五五
今日何に 七一
今日の雨に 一九五
今日の雲
—やはらぎてやや
—光り帯ぶ 二一二
—光り帯ぶ 二一一
今日の午後 一五三
今日の降る 二七六
今日ひと日 二九〇
敬福の 一六
今日稀れに 一四五
極限の 一二八
虚血症 一九四
虚血症の 七一
虚血症を 一七三
虚血にて 一〇一
伐られたる 二九九
伐り跡の 三〇〇
霧雨の 二三
霧沈む 三一一
希臘にて
—廃墟に咲ける 三〇八
—見たる廃墟の 三
ギリシヤの 二八四
希臘より
—渡来のアカンサス 二六九
—渡来の株を 三〇八
きれぎれの
—夢に疲れて 三三六
—夢もたやすく 一一七
金権の 四四
錦糸町 二二五
近代の 一八〇

く

悔いもなく 一三七
空気枕 三三六
空気枕に 二五二
空港にて 二一九
空襲の 一三六
空想も 九三
クーラーを 一四〇
くきやかに 五三
草いきれ 二一〇
種々の 二八〇
草ごもる 二九七
草茂み 三三二
草の上 三三一
草の中 一六五
楔形文字 二六
草藪の 一五三
釧路より 一二一
樟しげる 一三六
樟の木の
—茂れる道を 一六〇
—緑にほへる 四九
薬服む 三一八
崩れたる 一二八
管づたひ 二七四
「朽つ物」か 三〇四
百済の 二〇二
口乾き
—目覚むる朝の 二九三
—目覚むる夜半の 三二二
靴穿きて 一七四
国越えて 一二〇
国ざかひ 九三
国遠き
—動乱も読みて 四七
—動乱を読みて 五六
国の内も 一七八
国の名の 八八
国破れ
—混迷の世なりき 一〇四
—漂ふごとく 二五四

頸巻きを　六七
雲淡く　一三八
雲多き
—国より出でて　二三三
—空といへども　一〇五
雲切れて　二〇〇
雲退きて　一三九
雲の下に　二五
雲のない　一六七
雲のほか　二七八
雲晴れて　八二
曇りたる　一三三
曇りより　三二一
暗かりし　三〇五
暗々と　一二五
繰り返す　一七三
車椅子にて　三四八
車椅子の　四三
胡桃の木　八七
くれなゐと　八〇
くれなゐの
—椿の花の　一三〇
—まづ咲き出でて　一六五
黒き木立に　八六
黒きまで　二〇一
黒々と
—朽ちて横たふ　二五八
—茂り茂れる　二五七
—茂れる森に　九〇
—茂れる森の　五三
黒沢尻　四八
桑の葉の　一五八
軍港の
—町に夜毎に　四四
—旅順は日本人に　一〇九

け

啓蟄と　一六二
刑務所の　二六四
敬老の　三三八
劇場の　一四
激動の　一五二
今朝の戸を　二三三
けさ降りし　二五
夏至過ぎて　一五六
下駄スケート　一一七
下駄はきて　七五
毛の抜けて　一〇八
検温に　三〇六
玄界灘の　一一三
憲吉と　一九
憲吉の
—終焉の家　二〇五
—門に並びて　七三
憲吉門　三三二
憲吉を　二〇五
元気なくば　三五四
研究棟の　二五五
原稿の　一一三
元号の　三〇六
原稿は　一一三
玄室の
—壁にするどき　二八一
—はかなかりける　二八一
現実を　一七九
検診を　三四七
原水を　二八〇
原爆に
—崩れし街を　二七一
—潰えし街の　一六〇
原爆の
—ドームより引き返す　一六〇
—ヒロシマの川　三三〇
—日をおのづから　二七一
憲法を　一五八
権力に　二五六
権力の　八一

こ

公害などと　一六二
工科学堂　一七七
講義ありし　二五五
高原の
—木立の中に　一〇五
—夜霧の中を　一〇五
高校の　一六九
耕作と　三四四
工場群　一三九
工廠を　六九
高層の
—壁に鋭角に　一八六
—マンション建ちて　二四四
校庭に　二九七
構内に　一一〇
紅梅の　三四五
拷問に　五六
校門を　三〇〇
紅葉に　一〇五
鴻臚館　四九
講話半ば　二七
凍りたる　一〇〇
金枝(ゴールデンバウ)の　三二一
蚕飼ひせし　二六三
故郷喪失　二三八
国益は　一八八
獄死せし　一一八

国粋と　一五五
国道より　二二五
国民を　三三一
ここに会ひ　二一四
ここにして　三三八
九十路　三四四
午後の日の　三三三
心こめし　六二
心萎え　三
「心に持つ」を　一五三
莫蓙しきて　一四五
腰傷み　三一七
腰と脚の　三五二
腰なづみ　三一〇
腰の骨
—病みたる吾と　二八一
—病めば衰ふる　二六六
腰没す　三〇〇
五十幾年の　三三〇
五十年
—おろそかならぬ　三三九
—前のかの日に　二一九
古書目録　三三四
国境を　三三五
事あれば　一三
事多く　一四三
言かよはぬ　一二八
異国の　一四八
言さやぐ　三五四
ことさらに　二〇一
ことしおそき　九一
ことしの秋　二五〇
ことしのみ　一九〇
ことし早く　一七二
ことしまた
—越の国べを　六四
—沙羅の木の花に　四九
—白き馬酔木の　三一七
—白花曼珠沙華の　三三四
—山形の桜桃　三五三
—わが逢ひ得たり　二一七
今年また　二四一
言霊の　三〇五
言霊は
—ありもあらずも
—アララギの　二〇三
—助詞一つ　四〇
言祝ぎに　二〇一
子供として　一六八
小鳥来て　二一一
「小鳥の来る日」　一三六
小鳥らに　二六九
この秋は
—松山にて講演　二
—招かれて韓国に　一九八
この秋を　一〇六
この丘に　三四
この歌集　二一三
この川の　二四四
この川を　二四四
この坂の　七九
この沢の　二一一
この写真に　九〇
この写真の
—赤煉瓦の家　一〇九
—扉の前に　一〇九
この白き　一〇四
この苑の　三〇二
この槻の　三三三
この夏の
—残る暑さか　二八七
—吾と妻との　二四一
この夏を
—からだ萎えゆく　三〇三
—耳の内かゆく　一三三
この日ごろ
—家出でざれば　一九〇
—外出怠る　二一一
—水のむにさへ　二一七
この冬の
—くり返す寒波　一六一
—雪やや遅しと　一九二
この部屋に　一一八
この街に　一〇六
この路に　二四〇
この径の　二四〇
この見ゆる　二〇三
この森に
—小禽らの来ず　三四九
—明治原人を　三〇七
この門を　三三八
この山に　二一一
この吾に　三四三
こまかなる
—けやきの花の　二一七
—槻の木の花　二八五
こまやかに　一七八
木群毎　九三
米余れば　二一三
暦にて
—改まる年を　一九二
—年を区切るは　一九三
コリントスの　二一一
コルセット
—外してうつし身　二五九
—巻きていたはる　二四九
—巻きてわが臥す　二六三
コルセットに　二四一

Col Tempo　三五五
これ位で　三三六
これの世に　三五四
これやこの　一七七
今世紀　二五三
来む年は　一六六
こんなにも　三一七
紺の色　一五八
来む世にし　三〇六

さ

西鶴の　三二八
西光寺の　一一八
西国の　一一三
菜食主義と　七一
細胞の　一八七
坂多き　一九一
坂下りて　二〇
咲かざりし
　―ことしの鉢の　二四二
　―ことしの花の　一二二
　―浜木綿の鉢　一一五
「逆白波」　九八
魚屋に　八三
坂のある　四九
坂道に　一三八
坂行くに　一八四
佐賀を代へ　一〇四
咲きさかる　三〇二
前の歌の　一一三
咲き残る　四一
咲き乱れ　四一
作並に　三一一
柵結ひて
　―アベリヤの花　一五九
　―人距てたる　三三三
さくら花　三一五
桜より　二七六
柘榴咲く　二二〇
ささやかな　二二六
山茶花の　七六
差し交はす
　―枝々の間を　五五
　―枝より枝に　四八
さすらひの　三四二
さだめなき
　―運命のごと　二八〇
　―仮り住みの身と　二八二
　―心に出でて　五五
　―空より今日の　七五
サッカーの　九八
札幌に　二一一
札幌にて　三四
さながらの　九六
サハリン　一七四
さびさびと　一一五
さびれたる　一一九
さ緑に　一九六
寒ければ　一六二
寒々と　三五一
醒めてより　二六九
覚めやすき　一八六
さやかなる　二六一
さやに振る　四六
さやりなき　一三四
沙羅の花
　―咲くべくなりて　二一
　―たちまち散りて　二二
　―はじめて見しは　二一
さらぼひて　一〇八
三角の　一九一
三月の
　―風寒くして　三〇
　―雪溶けやすく　六〇
産金の　一一二
「山谷集」　六九
残生の　三一五
残生は　三〇四
残生を　九二
残雪に　二〇五
残雪の　二六
残雪を　三五七
山荘の　一〇五

し

CTの　二八五
塩の風　五五
潮の退く　一六〇
栞して　二〇四
歯科の医に　一九六
士官学校に　一七
磁気共鳴　二七
子規の国　二三
子規の国に　一八
志貴皇子の
　―跡の白毫寺　一五
　―とはに鎮まる　一五
鋪道を　三三三
始球式の　三〇三
子規逝きて　三一四
しきりなる　三四四
子規を語る　四六
繁かりし　二四八
繁りつつ　二八四
繁り葉の　三〇八
死者のため　一五三

詩集一冊　二一九
四十四歳の　二九三
地震あり
—津波あり台風　八〇
—乱れ散りたる　三四八
しづかなる　一三三
沈むあり　三三〇
七度五分　二九六
七度台の　三〇二
七分咲きの　二四〇
質実の　三五六
室内に　一九三
詩と歌と　一七九
死に後れか　一七四
「死にたまふ　八八
死にゆくは　二五
詩の恨の　一九一
しばしばの　一八五
しばしばも
—京都より君の　七〇
—尿に起きて　三二五
しばだたく　一〇八
芝の上に　一四六
痺れたる
—足に下り立つ　二八四
—足にしばしば　二四三
—如きわが脚　二五九
渋民と　八〇
渋民の　八五
渋民より　二一七
死亡通知も　二七一
姉妹都市　七四
島かげに　一三三
島人に　一四三
標結ふと　三〇七
ジャイアンツ　三二
車体白き　一三八
終焉の
—跡と伝ふる　三三三
—址のしるしと　二二五
従軍の　三三〇
十五年　一九五
十時間　二五三
十二月　三〇一
十年の　二五
十年ほど　三二四
秋分の　八一
週末の　九五
住民票　三一一
授業中　二一二
手術前後の　二七五
手術の日　二七三
手術二つ　二九〇
手術三たび　三三三
手術より　二六九
腫瘍マーカーの　三四七
棕梠の木の　二四〇
棕梠の花　九一
生涯の　二八三
生涯を　一七九
小学時代　一〇七
小学校の　一六四
小官史の　二五九
消極に　四五
小公園と　八五
召集の　九九
消息の　三三〇
衝動の　八三
小豆島の　一五七
少年の
—日に読みし　一三六
—吾の遊びし　三三六
照明の　二一六
縄文期
—五千数百年　三一四
—沼たりし田に　九三
縄文の
—跡尋めてより　二一六
—ことば如何なる　三三四
—世代に生きて　二〇六
—民ら営みし　二三四
—民ら住みけむ　二七九
—古きしるしを　八五
—世に生きたなら　一八五
—世の人吾れや　三〇六
照葉樹
—明るき国に　四四
—かがよふ街を　四九
昭和十七年　三三六
昭和十八年　三一六
昭和二十三年　三三九
昭和八年　二九五
昭和六年　三三八
食断ちて　二八二
続日本紀　八五
食欲の
—ありもあらずも　三三七
—乏しきは炎暑の　二九五
—なき朝なれど　一七六
食欲も　二五〇
職を得て　一〇四
ジョルジョーネ　三五五
白樺の　一四六
白壁の　二六三
白雲に　二九
知らざるを
—知らぬと言ひて　九三
—知りて何せむ　一三〇

調べある 一七九
泉水の 二〇〇
支流一つ 一九七
知る人の 二〇一
白き船 一五八
白く照る 二〇
白々と
—雲ただよへる 三三八
—地ふぶきの飛ぶ 一七四
—空にかがやく 三四六
—屋根に雪置く 四七
白牡丹 一七三
新幹線の 三三〇
神機隊 二一〇
シングの 一〇三
震源は 一三六
人権を 一五六
新語多き 三三七
寝室に 二一九
寝室の 一三七
心臓死を 二四二
深層の 二六九
親族の 二九三
沈丁花の 七六
新年を
—待つは少年の 一九
—迎ふるこころ 一九三

す

水気ふくむ 六〇
水銀を 一六
水軍の 一〇三
「酔心」あり 二八
水平線に 二五一
睡眠に 六三
睡眠は 三三六
睡蓮の 五三
据ゑられて 二四
すがすがと 一四八
姿とは 一八一
縋るもの 九八
過ぎ去りし 三〇六
過ぎし人 一五三
過ぎしもの
—追はず新しき 九三
—なべて幻 二一七
過去は 三四二
スケッチに 一六四
健かを 一四一
篠懸の 三三五
ストレスの 三三七
砂あらし
—空に霧らひて 三四五
—吹きすさぶ野を 三四六
砂の上 五五
スポットライト 一二六
駿河台 一五四
鋭く見 一七七

せ

政界の 二一九
世紀末 六三
世紀末を 二九〇
正誤表 二〇四
整然と 一八八
生誕の 三四四
生誕百 三八
生と死の 一六
西方に 二四三
西暦に 三三三
セーヌ川に 九四
咳抑へ 三九
咳すれば 二一四
脊椎の 三五二
咳と痰 一六二
咳止まず 一五五
石油ストーブを 三九
背くぐまり 三五六
石器展の 六七
瀬戸内で 一七二
ゼネコンの 八一
背の傷み
—癒ゆるなけむと 三三三
—すなはち脚を 二六八
—物書くにさへ 二九七
背の骨の 二四三
せまり来る
—ものを思はず
—朝おそく 一六一
—パン一片 一五四
せめぎ合ひ 一四二
背を向けて 二七一
仙覚の 一二〇
仙覚を 一二一
戦後しばしば 三一〇
戦死せし 一七四
「先生が 二一二
先生の 四四
戦前の 一〇一
戦争末期 三三九
戦争を 一〇〇
仙台に
—来れば「新政」 二九五
—学びし日より 一七七
—学びし魯迅 三八
仙台より 二一八

戦中は　一六九
前立腺　一九四

そ

創成川の
—ほとりに君と　二〇六
—ほとりに君を　二一一
底ふかき　二七六
訴訟控訴　二九四
そそり立つ　二七九
帥の旅人　四三
卒業して　八九
外出せぬ　七九
その跡を　三一〇
その甘み　七四
その家の　一〇七
その命
—かがやく如し　三三二
—短かりけむ　二一五
その詞　二六〇
その性を　三三一
その席に　一五五
その説に　三四
その知性　一六九
その妻の　一一三
その妻を　一六〇
その仲間　二二二
その亡きを　七三
その花の　一六五
その部隊　九九
ソヴィエト　五六
ソヴィエトより　一八
祖父と祖母と　二九七
空遠く　二五二
空晴れて　六八
空行きて　四三
空渡る　二四二
蹲踞して　二二五

た

体温計　三〇六
体温計に　三〇一
体温の　三〇二
大学前の　五九
大戦の　一六六
大それた　一五八
大腸と　三五二
台風の
—雨のなごりに　一九七
—塩害にアララギ　四六
—近づくけはひ　一八九
—なごりの波に　四七
—向き変へて海に
—去りたりと　二四三
—去りたりと　二五〇
颱風の　二四
太平洋に　六一
太平洋の
—澄む月を見て　三四二
—涛の寄りくる　一九二
—波をはなるる　二一七
太陽の　二一七
大陸の　二一九
大陸より　二七六
たをやかに　一四七
仆れたる　六八
高きビル　八〇
高きより
—しだれて枝の　七七
—麓まで下りて　三三八
高く立つ　六七
高く張る　一四二
多賀城に　一四一
多賀城の　一四一
多賀城は　一四一
多賀城より　一六
高々と
—白さるすべり　一五七
—建ちしマンションに　二五一
—伸びてアカンサス　一八九
「打球鬼ごっこ」　四一
卓の上の　二七〇
啄木に　一八九
逞しく
—アカンサスの広葉　三一八
—葉を繁らしめ　二八四
丈高き　一九七
戦ひつつ　一九四
戦ひて　一九五
戦ひに
—行くべかりしを　一九五
—多く死にけり　三三四
—暗き夜汽車に　二五二
—苦しみ病みて　三三七
—死にたる病みて　四四
—銃持たざりし　一一七
戦ひの
—暗かりし夜を　二九一
—さ中「世紀末と　二五四
—日に似ざれども　一〇一
—日の動員に　一〇三
—日を生きのびて　三三九
戦ひは
—否まむものを　三五三
—かくの如きか　二六
戦ひを

—疑はざりけむ 一〇二
—中に挟みし 二〇七
—免れて享けし 三五四
—もつとも知るは 三〇
戦はず 九九
ただよひて 二四五
立ち上がる 一九四
立ちのぼる 三一
忽ちに
—葉ざくらとなりし 一三八
—幹枯れ果てし 三三五
棚倉の 一三四
七夕の 四〇
谷の間の 一〇〇
種子一つ 五一
足袋はきて
—寝ぬる習ひの 四七
—布団にもぐる 一九三
旅ゆきて
—白夜の国を 三〇九
—再び址を 三三三
たまきはる
—内の限りを 一六
—老いの命を 五六
玉島川 一一三
球なして 二一
たまものの
—柿と梨あり 一四一
—信州高遠の 二七七
—バラにこよひは 一六六
—干し柿に思ふ 三三六
たまゆらの 二八
たまはりし 三一三
ためらはず 一五〇
たやすく 二〇六
たゆたひて 四五
たゆたふが 二四七
たゆみなき 三三九
多羅葉の
—繁りの翳も 三一〇
—葉を採りて文字 一四五
たはやすく
—生き残りなどと 二五三
—路上に足の 八四
団塊の 三三四
痰塊を 七二
段丘の 二八
痰切れず
—朝も夕べも 五八
—嗽ひを日々の 四四
単純な 三三一
淡青の 一七二
断腸とは 二七五
断腸の 二六七
暖房に 二三六
暖房の 二一七
暖流と 五八
淡緑の 八七

ち

小さなる
—川といへども 五四
—沼一つあり 二三五
近々と
—紅梅の花 五七
—槻の枝打つ 二九九
近づかむ 一一三
地下鉄に
—サリン噴出の 一三七
—サリン撒きし日 一三〇
—わが乗ることも 三三〇
地下鉄の
—駅近けれど 三三一
—駅に下りゆく 三一七
—駅より下りて 五三
—階段多く 一一五
—一駅のみに 一四七
力尽きて 二〇三
力尽きむ 八三
「地球は青い」 二二一
チグリス 二六
チグリス河 三四五
地図に知る 三四五
遅速なく 一八七
父死にて 二五九
父と母と 一〇九
父の国 二八六
父の骨
—抱へて海を 二五九
—携へて母と 一〇九
父の亡霊と 一三
父の齢 二八〇
父逝きし 二九七
父逝きて 二三九
地方紙に 三三一
茶畑を 一四
チャンネルを 二三
中華街 四二
中学の
—一年の時 三五〇
—頃より一日 二九二
—体操で叱られし 一七二
中学校の 一六四
中国の
—果実しなびて 七五
—旅共にせし 三三
—旅順を訪はむ 七七

鋳造の　一六
チューリップの　一一〇
腸病みて
—老いのひねもす　三一七
—衰へやすき　二七七
腸病むは　三三五
腸病めば　二七一
直立の　一三
散り溜る　二六六
散り果てし　八二
散りぼへる　二二八
沈痾自哀の　一六
鎮懐の　一一三

つ

追憶の　二五八
通称升に　四一
杖ありて　二八三
杖捨てて　二七〇
杖つきて　二七七
杖に倚り　一七一
杖に倚る
—老いになりぬと　三三〇
—吾の歩みの　三三三
杖ひきて　一〇二
杖曳きて　三一九
月移り　二〇〇
月おかず　一四
月毎に　三〇三
「月代の　二九
月々の　三一九
つきつめて　一七二
槻の木の
—枝伐る音の　二九九
—枝渡りくる　四四
—影立つ園に　一一五
—風に乱るる　二九八
—木末づたひに　九〇
—梢の素枯れ　三三三
—茂り茂れる　二四八
—茂りと遠き　三三六
—下蔭に踏む　二九一
—下に年毎　四五
—下べを通ふ　二九九
—下みち草に　二〇二
—空に紛るる　三一八
—葉むらを潜る　二七二
—林を遠く　二三八
—幹高々と　二三三
—幹にまつはる　二四八
—みどりの風に　二四八
—みどり葉深く　二三三
槻の葉の　六四
槻の林
—色づきくれば　二七九
—風のこもれば　四四
槻の林の　三〇〇
筑紫路の　五二
筑紫なる　九二
黄楊の木の　一二九
培ひて　三三一
土に立つ　二五六
土に散る
—山茶花の朱　四七
—沙羅の木の花　一三一
土に掘る　三一九
土屋先生の　一四
つつしみて　三三一
つつましく　二六一
常ながら　一六一
常の如　三三七
常の人の　三二
椿咲き　二七〇
椿の蜜　二七〇
妻ぎみと
—弟を偲ぶ　一四七
—共に歌詠む　三三
—み子と伴なれば　一二〇
夫ぎみの　三二
つまづきて　二二八
妻と子の　六八
積み上げし　三四九
梅雨明けて　二七八
梅雨明けに　一六三
梅雨曇り　一三九
梅雨寒し　二八四
梅雨寒に
—脚の冷ゆるを　八一
—電熱器点す　一三八
梅雨寒の　三五二
梅雨過ぎて　二四一
梅雨空の　八一
梅雨長く
—外出せぬ日の　二四九
—夏知らざるに　八〇
—冷ゆる夜毎を　三三三
梅雨なれば　九二
梅雨にぬれ　九二
梅雨のあめ　二八
梅雨の日の　二八四
梅雨の日々
—繰り返す寒と　三五二
—湿り多きに　二五九
梅雨の前　三三七
梅雨の宵　九一
梅雨冷えに
—疼くが如き　七八

—足袋を穿きたり　二二
梅雨冷えの　三四七
梅雨深き　二八四
梅雨ふかく　二七
梅雨もよひ　二三一
強き意志と　二〇七
蔓ながら　二七三

て

手脚萎え　六九
低温に　一五八
低気圧
—通過せしとぞ　二五六
—予報のままに　二六七
低血か　一六一
低血に　七四
定見なき　二四三
手づからに　一九〇
哲学と　一七八
鉄錆びし　八九
鉄条網　一九九
鉄棒の
—尻上りに　一六八
—尻上りも　一六四
手と足の　一六八
手に囲ふ　一八八
手に支へ　二一九
手につきし　六一
手に執らぬ　二九七
手の甲に　二七八
手の下に　八三
手の指の
—傷に薬を　二六九
—傷に寒さの　一八六
照り翳り　一一二
照り翳る　一四二
照る雲の　三三三
照る土と　八六
テレビ終へて　一七六
テレビにて　八八
テレビ見ず　二七四
テロを撃つに　二九七
手を執りし　六九
電気毛布に
—ぬくもれば眠り　二四五
—ぬくもれば安き　二五三
電気毛布の　一八四
電気炉に　二一九
電車通過の　七二
伝承の　一九一
天津郊外と　二〇二
点滴に　二八〇
点滴の
—管に繋がれて　二六六
—量多ければ　二七四
天然の　一九三
天平の　一四五

と

同級生　三五四
同級の　一七四
東京の
—夏は暑しと　一五七
—晴れを伝ふる　四七
洞窟を　一一四
峠路に　九三
峠みち　二一四
透徹と　三三九
尊かる　二四
動脈瘤　二七九
動脈瘤の　二七七
透明の　二五四
動乱また　二〇二
十日余り　二六七
遠き過去　一九六
遠き国に　三四六
遠き雲　二五
遠き目に　七二
遠きより　二三七
遠く住む　一七一
遠ざかり　六三
遠ざかる　二三三
遠空に　九四
遠山並　一八五
時じくに　一六九
時々の　三三三
「時と共に」　三五五
時疾し　九四
時古れば　二三三
時逝きて　八六
篤実の　二〇七
特売の　一五七
とこしへに　一九九
年越えて　六七
年毎に
—破壊すすみて　一六二
—滅ぶるかと見る　一七三
—三たび手術を　三三三
—茂吉の墓に　一七九
年どしに
—衰ふる足と　一〇三
—衰へゆきし　一八七
—夏咲く花の　一九八
—雪の中より　二三八
年々に
—恋ひまさりゆく　三一

—花をつづりし 三五一
—萌ゆる幾茎 一六四
年どしの
—ことながら足 一〇八
—ことなりながら 二五〇
—咲く花にして 一四四
—珍のたまもの 三〇九
—梅雨に咲くべき 二八四
—習ひに送り 二七二
年の初め 五六
年を重ね 一〇九
渡船場 一四五
届きたる 一八八
とどこほり 三五六
滞る 一七一
とどろきて 二四六
とどろきの 三三八
隣り合ふ 二一〇
戸の外に 三五〇
飛島より 五八
とめどなき 二八二
とめどなく 二六六
友ありて 一九〇
共々に 六九
友の死を 一三九
囚はれて 三一九
取り出でて 二五三
鳥が音も 一一六
鳥の影 三五三
鳥の如 二九一
ドリンクと 五九
とろろ飯 三三三

な

内地出張の 二九三
地震の揺る 二七八
なほ生きて 三〇一
なほ生きむ 三〇五
なほ生くる 一七九
なほ残る
—生を思はむに 一八六
—光の如き 九三
—吾のいのちに 三五三
なほ上る 一〇〇
なほ光 五七
長き雨期 七九
長崎の 二〇三
中空に 二九八
中州より 二四三
中西屋 五九
長びきし 四七
流らふ 三三七
永らふる
—命いくばく 三三一
—ものに心を 一七〇
永らへて 三五一
亡き友に 二九二
亡き母と 三三
亡き人と 三一〇
亡き人の 一七一
亡き人も 一八六
亡き人を
—偲ぶ折り折りの 三三一
—弔ひて行く 一四四
成し得たる 一七七
梨食ひて 三一一
なだれつつ 二五三
夏蘰の 二五七
夏枯れし 一三三
夏毎に 五一
夏椿 二一
夏の海 一〇三
夏の草 一八九
夏の来る 三一九
夏冷ゆる 一五〇
夏も中 三〇三
七〇〇号と 三一九
何せむに 二九〇
何鳥か 六〇
何待つと 二五六
何ゆゑの 三四五
波青き 一四三
波立てず
—朝の日に照る 二七七
—支流の注ぎ 二四四
—流れくる水 二五一
波の上の 一一三
波のはて 二一七
楢若葉 二一四
成りゆきの 三一七
なりはひに 三三三
何のテロ 一三七
南北の
—境を分つ 二一九
—三十八度線に 一九九

に

新みどり 一五
二階建て 一二五
二階より
—わが見る世界 一三三
—わが見るものの 七八
二月十五日 四七
二月某日 一一六
肉食はねば 一四一
肉食せぬ 七〇

肉身の　三四八
肉体の　一〇八
ニコライ二世　八八
二三冊　三三六
西の君ら　一七六
西の国　七三
二十一世紀　二九九
二〇〇〇年
—新しき年に　二七五
—新しき日を　二六〇
—境を越えて　二六〇
日露役に　二五八
日露役の　八九
日照の　一四六
日清役に　二三〇
日本の　七五
煮つめたる
—無花果を食む　三三三
—無花果をひとり　二一八
二〇三高地に　二五八
日本語の　一五三
入梅の　二〇二
二輛のみの　一四七
俄かなる　二七二
庭くまの　五〇
庭師来て
—刈りたる跡の　八〇
—木草整ふる　三三〇
庭隅の　一七三
庭たづみに　九一
庭土の　六六
庭に来る
—小鳥の声も　二〇五
—小動物を　三一〇
庭の木や　二六一
庭の土に　三〇八
庭の中　三〇九
庭の花　一九六
人間の
—五十年にも　一五三
—素の心を　二〇六

ぬ

抽き出でて　一三九
沼ありき　二五八
沼ありて　二七二
沼あれば　二二六
沼のほとり
—孤独に立てる　二二五
—童児の吾を　三三六
濡れし幹　七五

ね

ネクタイを
—自分で選んだ　一六八
—外して汽車に　七一
ネッカー川　二九
捏造に
—偽装に談合の　三一七
—偽装に有事法制　三一九
眠らねど　二一三
「眠りとは　二七〇
眠りやや　二一九
寝る時に　二四九
寝る前を　三四三
根を張りて　二三八
粘板岩　一二五

の

農学部の　二六六
脳髄の　一七
脳の血は　二三〇
軒迫る　二四〇
軒の端に　一七九
残りたる
—暑さの中の　一三三
—時間いくばく　三四四
残る世を　一一五
野に出でて　二六二
野に山に　二六二
野の上に　二五二
野の中の　一七〇
野の果ての　一七〇
飲む薬　三四三
飲む水に
—咳く癖ありと　二三六
—咳くことあれど　一八七
—吐り咳くを　三一七
乗り降りに　一五七
乗り行かむ　八七

は

灰色の
—空にまじりて　八二
—空より今日の　八二
敗戦後　二一八
敗戦前後　六八
敗戦にて　一七〇
敗戦の　二六〇
売店の　二一九
肺の手術　二七八
這ふごとく　二三九

墓石に　一二〇
はかどらぬ　四五
はからざる　一二八
量り得ぬ　一七五
穿く靴の　二三六
爆撃に　三四五
白秋の　二三三
白内障
—おぼろなる目に　三三五
—吾のまなこの　二三三
白内障の
—手術も伸ばし　三〇三
—手術をせむと　二四五
—手術を延ばし　二九九
—目にはさやかに　一九七
—目をかなしみて　三三五
博物館の
—カーテン暗き　二五八
—暗き地下室に　八九
—地下に木乃伊を　七八
激しかりし　一二〇
葉ごもりに
—白よごれなき　五〇
—椿の花の　三三五
葉ざくらと　四八
葉ざくらの
—影しづかなる　二三四
—影立つ坂を　九〇
はざま路を　二四〇
狭間なる　一三九
橋あれど　一九一
芭蕉より　二二七
走ること　三三九
橋わたる　八八
場末なる　八九
外したる　一三一
裸なる　二四六
裸足にて　一六二
果たすべき
—仕事幾つか　一七五
—思想もなしに　一七〇
旗のもと　二五五
機を織る　一四八
鉢植の　三五一
鉢植ゑの　三三四
八十年　三五〇
鉢の砂に　三〇八
はつかなる　一〇〇
発掘の　三三一
発車間際　七一
花咲けば　一六五
花過ぎて　三三四
花に種子に　一四九
花の香を　一五六
花冷えに　三三六
花房の　九一
羽ならず　二〇五
「羽のやうに　四〇
葉の落ちし　二六八
葉のさやぐ　二七八
母の死の　一七八
バビルゾンの　四二
浜名湖の　一九八
はまゆふの　三三
浜ゆふの
—しどろに長けて　五一
—しろたへの花に　五一
—鉢ながら部屋に　七四
—花朝なさな　五一
浜木綿の
—鉢を囲ひて　二九二
—鉢を書斎に　三一八
浜ゆふの
浜ゆふは　二四九
腹痛みて　三三三
はらわたを　二八三
張り替へし　二九二
「巴里祭」の　一五九
パリ行きて　三二二
遥かなる
—古代扇畑を　二七九
—韃靼海峡を　二五八
春寒く　七七
春と秋　一四八
春の野に　三三一
春の雪と　二六八
葉を摘みて　六〇
葉を残す　二八二
半夏生　一七四
晩秋の
—しぐれに濡れし　八二
—ひと日紅葉を　一一四
—森の深きに　一六五
晩春の　一一〇
半世紀
—越えたるいさを　一七六
—その営みを　二三〇
半世紀の　一七八
晩年を　三四三
販売機で　一八四

ひ

暖房（ヒーター）の　二二七
ヒーターを　二六七
「柊の　三三三
冷えびえと　一五九
ひえびえと　七八

日帰りに　一二八
日帰りの
　—小さき旅に
　—乾きたる　一九
　—親しみて　二四
東日本　三〇〇
彼岸花の　三五五
引き返す　三一二
「低く鋭く　三二八
ひぐらしの　三三〇
久しかりし　二四四
久しくも　三五二
氷雨ふり　二五二
肱折の　二四〇
ヒステリー　九三
非生産的と　四〇
潜むごと　一五九
潜むべき　三四九
左の目　一一七
柩に縋り　二一五
日照りつつ　二五四
非道なる　三一三
一枝を　三四五
一しきり　二六六
一すぢの　三一二
一つ蚊帳に　二六〇
一年か　七〇
人に世に　二八
人のいのち　一三一
人の上に　六二
「人の寿の　六九
人の群に　三四三
人の目を　一六八
人の世の
　—仕事に向ふ　一四九
　—まことを君の　三三
人ひとり　七二
人みなの　三五一
人も世も　二六三
囚屋にて　三三〇
一山の　一一四
孤りなる　三一八
一人の訃　六八
ひねもすを
　—椅子に坐りて　一七一
　—椅子に倚りつつ　三三六
　—椅子に凭るべし　三三三
　—窓にわが見て　八五
日の入りの　四九
日の差すは　五〇
日の差せば　九〇
日の光　一〇六
ヒマラヤ杉　三九
氷見の寺に　三一
ひもすがら　一二八
百十八歳　六九
病院食に　二六七
病院の　一八五
病室に　二〇
病室の　二七二
漂着の　一三三
評論か　二二八
ひよろ長き　六〇
平泉より　一〇二
ビル厚き　二〇
翻り　三二九
ひるがへる　六〇
昼闇き　二九七
昼ながら　一四四
ビルの空　三九
昼の間は　三三〇
広島菜の　三二一
広瀬川に　二九
備後より
　—石見に越ゆる　一七
　—ことしも鮎ずし　一七

ふ

フィラリヤを　六〇
ふかぶかと　四三
不器用に　三一五
吹く風に　三三六
福島の　二六三
フクロウを　一八五
藤波の　五二
俘囚にて　八五
武将土肥の　二一〇
布勢の湖の　五二
二国に　六一
ふたたびの　一六八
ふたたびを　三五六
再びを
　—来りわが見る　一八
　—上人の像　五四
　—わが訪ねたる　三三三
二つ三つ　二四一
縁円き　一三七
二日前　三一五
福建省　一九〇
仏蹟を　三三一
布団重ね　一〇八
布団たたみ　二一一
舟漕ぎて　三二四
父母と在りし　八九
父母の齢　三〇七
踏み応へ　三四八
踏みしだく　一九九

踏みなづみ　二四
踏みゆきし　三〇〇
踏む足の　三三七
踏む足を　三五〇
普門院の
—左千夫の墓を　二一五
—晩春にして　三一三
冬枯れし　二七六
冬枯れの　一九三
冬木立　三一一
冬過ぎて　八九
冬空の　三二八
冬となる　三四
冬の雨　八五
冬の雲　三一七
冬の日の　三三一
冬の星　二〇〇
冬の間を　一九六
冬の蜜柑　七四
冬のみどり　五五
冬の靄　三一八
ブラームス　四六
振り向けば　三三九
俘虜コーナー　一六九
降る雨に　二八一
故里に
—家残れども　一〇七
—帰りゆく日も　三一四
ふるさとの
—稲みのりたる　三三六
—如く恋しき　二二四
—諏訪の墓一つ　一二七
—墓に沿ひたる　三三六
—果てのふるさと　三二四
—墓地の一劃　三二四
故里の　二四七
ふるさとは　二五二
故里より　三一〇
故里を　三四三
降る雪に　一六九
風呂敷に　三三九
風呂を浴み　三一六
文学館に　四八
文明の　一九

へ

兵役を　三一六
平均寿命　三五四
平衡を　一五六
平成と　三五四
塀沿ひに　三二八
閉塞の　二九四
兵の召集　三一六
ベイブリッジ　四九
平明に　三一〇
ベースボールの　四一
へーべーと　一五五
僻地診療　三四二
北京より　三八
ベッド置く　三三三
ベッドより　二六八
部屋の内　二〇四
片々の　二七三

ほ

「ホイチ」と　七三
方向を　一八五
放射状に　三一八
放射冷却の　一二三
飽食の　二一九
法により　二六〇
暴風域　二九六
牧場の　三〇七
ほしいまま　二四八
星月夜の　一一七
戊辰戦役　三三五
細長き　一九六
墓地の草　二六
ホトトギス　三三二
骨撲ちて　二七一
骨ながら　一二
骨病めば　二四八
ほの紅き　五三
炎せまる　一三六
ほのかなる　五〇
ほの暗き　二八五
頬打ちし　二二二
「ほめ殺し」の　八二
洞をなす　二五七
彫りしるく　二三三
亡びたる　二五四
滅ぶべく
—あらざるものを　一八八
—あらぬもの滅びむと　二〇五
本買はず　二七一
虹口公園　三八
本堂の　二七七
本読まず　五八
本読まぬ　九二

ま

まごころを　一二三
孫むすめ　二〇四
正岡子規　五四
まざまざと　三〇四

正目にて　八六
麻酔効きし　二六七
麻酔して　二七五
街角の　二五一
街角を　二九
街川の　二五六
街空に　二三五
街なかの　八五
街の上に　二五
街の中
—茂りか黒き　一二五
—蛇行して　二八
街のなか　一三五
待ち待ちし　一一〇
待ち待てる　二六八
街行きて　八四
街ゆきて
—慰むとにも　八六
—上り下りする　七九
街より街に　一六二
松植ゑて　一〇二
待つことの　三三四
待つといふは　三三四
松原の　一一三
松山の　四六
窓あけて　二三七
まどかなる　二九
窓下に　一九七
窓近く　三三五
窓に見る　三三七
窓の外
—槻の芽吹きの　三一八
—ひるがへり飛ぶ　三三〇
—まんさくの花　五八
窓よぎる　二七三
まなかひの　二〇四
まな下に　二三
真野川に　二四七
真野川を　二三四
真野の里　二四八
まほらまの　四二
幻の　二三
まぼろしの　一〇六
守るべきもの　二〇三
マルキシズム　五六
稀れに来て　五三
稀れ人の　一六四
マンサクの　三三五
まんさくも　一〇八
満洲の　二九三
マンションの　一二九
万葉の
—久木は今見る　五一
—碑に刻みしは　二三五
—真野の草原　二四八

み

蜜柑みのる　三三
幹白き　一九九
幹づたふ　七五
右と左　八四
幹に添ふ　三一八
幹の上　二五二
右の耳　七三
幹太き
—滝ざくらをわが　七七
—掘立柱に　三三四
幹太く　二一六
幹細き　五五
水辛子　一一九
みづからの　五七
自らを　八三
自からを　三〇一
水城の址　四三
水に沿ふ　三三六
水のみて　一九四
水引の　一八
みづみづし　二一八
みづみづしき　二〇三
Mistletoe　二三八
身反らせば　一六七
身丈より　一七一
三人のみ　三一五
乱れつつ　一三〇
道に会ひ　一三〇
道に沿ひ　三四六
道に倒れ　三三〇
みちのくに
—はぐくまれたる　三三〇
—まみゆるは今日を　二一七
—齢を継ぎて　三〇六
—吾は老ゆとも　三三九
みちのくの
—暑さの極み　二九六
—五月の峡の　八七
—五月の曇り　一四五
—古代の砦　一四二
—この夕凪ぎか　一三三
—砂金を東大寺　一一二
—四月の空の　三五二
—脊梁の山　三三二
—展示を限りに　三三五
—夏来たるらし　二九五
—夏ぞ到らむ　二七
—農を営む　三三〇
—八月の祭　一四〇
—春おそくして　一七〇

—風土に根ざす
—歌ごころ 二六一
—歌なれや 三三
—真野の古里に 三五六
—港の町に 五〇
—雪散らふ日の 一五四
—雪と知るべく 二六八
—行方郡真野の 二四七
—林檎送りし 七四
みちのくは 一〇一
道の隈
—身を寄せ合ひて 二九四
—わがめぐり行く 二四四
「みちのく山に 二一二
道のべの 二三九
みちびかれ 一八
蜜多き
—信濃の林檎 二八二
—信濃の林檎を 二七四
緑濃き 二三四
みどり照る 八八
港あり 四九
港の上 一〇六
南蔵王 一五九
南のもの 一六九
身に近き 二五九
身のめぐり
—草も小鳥も 一四九
—若葉の迫る 三〇二
身の病ひ 一四八
三春駒 七七
耳遠く 一九〇
耳と目と 三五四
耳の医に
—かかりてすでに 一九四
—通ふ予定に 一五六
—去年よりつぎて 一五三
耳病みて 一九
耳を覆ひ 二一二
宮城より 三四六
みやびたる 一八〇
見るにさへ 二三三
見るべきを 二八六
見るものも 二五一
見る夢の 三三三
身をかがめ 一六九
身を投げし 一九九
民衆の 一七〇
民族の 一九一
民族を 一九九
南に 一六七

む

麦を食み 一六三
木槿の花 一九八
むさぼり食ひ 四一
蒸し暑き 七一
陸奥過ぎて 三一
無登録 三三三
胸を割り 一六
無法なる
—米を支援とは 三四五
—日本語はびこる 三一七
むら肝の 二七一
むら肝を 二六七
群肝を
—断ちて臥りし 二九二
—断ちてやうやく 三〇五
紫草の 二一
紫の 一八〇
群山創刊 一四七
「群山」に 二六一
群山の 一五二
「群山」の 二九三

め

明治初年 三一八
明治二十六年 四八
眼鏡かけし 一三七
眼鏡架けず 一四三
眼薬を
—さしてこぼるるを 二三七
—さして眠らむに 五九
—一つもらひて 八六
めぐりゆく 一四九
メソポタミヤの 三〇
メタセコイヤ 二四六
目にさらに 一三〇
目の前に
—高層のビル 三一
—直立つ槻の 二三七
目の前の 二四二
目もおぼろ 一七六
目も耳も
—脚さへ衰へ 一五七
—おぼろとなりて 二二六

も

妄信の 一三〇
毛筆で 一三一
毛布重ね 二五三
最上川 三五
茂吉追慕の 二三〇
茂吉の忌 一一三
茂吉また 二〇六

木蓮咲き　二九三
木蓮の　一一〇
木蓮も　三三六
モザイクに　二〇四
文字深く　一一九
もぢりとも　六三
もてなしの
　―かき餅もうれし　一四五
　―君の家より　一九
元の幹　三三八
もとめたる　二六八
求女塚の　一三七
もとめむと　一九八
戻り梅雨　二八
物ありて　一一八
物置きの　一一三
もの書かず　五九
物書きて　二五〇
物絶えし　一〇一
ものなべて　一五〇
物の香の　八九
ものの芽の　二六
もみぢせる　二九八
縦の木に　八六
盛岡の　二七
森こそ　二五八
森にまじり　五〇
森の上　二四二
森の上を　二五七
森のかげ
　―色鎮まれる　一〇四
　―早く昏れゆく　四六
森の苑　五三
森のみち　一一六
もろ人の　一七六

や

家持の　五二
家持を　五三
焼きそばを　二九四
「野球」の　四一
野球ルール　四一
約束の　二四二
役人の　一一七
夜光虫　二九六
夜光虫を　一〇三
安らけき　一二
屋根ぬれて　一四三
屋根の雪　三〇一
敗るるを　二六〇
病ひより
　―立ち直りたる
　―うつし身を　三〇四
　―日々にして　二七六
山峡の
　―過疎の村といへ　一〇七
　―君のふるさと　二八五
山蔭に　三〇二
山形へ　三一一
山染めて　三五五
山寺の　八七
大和べの　一八七
山並の　一〇五
山の峡　一七六
山の隈　七七
山の中　六二
山の間の
　―泉尋めゆく　三三六
　―狭きにかたむく　八七
山のもの　二一四
山萩を　七三
山一つ　二〇六
山深き　二六二
山深く　二五一
山ぼうしの　一九八
山行きて　一九八
山行けば　一二一
病みたまふ　一四七
病みてより
　―幼きに還る　三〇七
　―かへりみざりし　二六八
　―気弱くなりしか　二九九
　―外界狭く　三三九
　―すでに二とせ　三〇九
　―土踏まざるに　二八三
　―夢見る多し　二六九
　―わが窓の内を　二八七
闇の中　三一四
病み易き　三三三
病む足の　二九六
病む夫を　一四九
やや足を　一五四
やや欠けし　一二七
やや風邪を　一六〇
やや暗き　九八
ややややに　一〇六
やはらかに　一四二

ゆ

唯真闇を　二二五
夕茜　五四
夕暗く　二八
夕暮るる　三三六
夕暮れの　二九一
夕食の　二三〇
夕映えの　六一

夕映の　三四二
夕映は　三四二
夕べ見て　二五四
ゆゑ知らず　一四四
ゆゑもなく　九九
故もなく　八三
ゆゑよしも　二八四
雪凍てし　二一七
雪多き
—北国とその　三一
—満州にわが　三〇一
行き交ひて　一五八
雪白き　一六七
行きずりに　二一三
雪散らふ
—今日の夕暮れ　二〇〇
—槻の木末を　三三三
行きてわが　一六五
雪解けて　一五二
雪となる　二五
雪にさす　二〇五
雪に照る　二五一
行きに見て　二二六
雪残る
—槻の林を　三〇〇
—月山に向ふ　二四〇
—南蔵王の　七六
「雪のち晴」　二八三
雪の後　一五三
雪の原
—青々と翳る　三一八
—遠くつらぬく　二一九
雪の前の　一六六
雪の道　五七
雪の夜を　一〇八
雪深き　三一〇
雪ふりて　三〇一
雪降ると　二六七
行きゆきて　二八六
行く道に　一六九
ゆくりなく　二八三
ゆづり葉の
—一木忽ち　二一八
—くれなゐ立てる　六〇
—ことしきりに　三三
—今年俄かに　二三
—茂りに茂れる　一七二
—茂りの下に　一八〇
—葉柄赤き　六六
湯田駅は　一一四
ゆたかなる　九四
festina lente（ゆっくりいそげ）　八四
油田焼きて　三〇
湯に入りて　二五三
指に持つ　二二六
指の爪　三三五
夢多き　三二四
夢の中に　三一六
夢の中の　二七二
夢も見ず　六一
夢を追ふ　一〇〇
許されて　二一六

よ

夜明けたる　二一七
宵々に
—新しき湯を　一三三
—冬の蜜柑を
—食らふこと　四八
—食らふこと　五九
—みだれて蛍　一七
宵々の
—眠りも人の　二七八
—眠り安からし　三〇二
—眠りを安く　二九五
要塞地帯　一一六
腰椎症　九二
腰椎の
—傷み去らねば　三〇九
—陥没といふに　二四九
—潰えし傷み　三二三
幼年は　一九二
溶明の　一〇六
やうやくに　二四九
よき所　三三
抑揚の　一九九
横穴の
—古墳の壁に　二一七
—古墳を幾つ　二八一
—古墳を出でて　一九二
横綱の　三三〇
夜毎食ふ　三三三
夜毎見る　一〇一
汚れたる　八〇
夜すがらに　二一一
夜すがらの
—雨に濡れたる　二〇二
—長い時間と　三三六
—冷ゆる空気に　三〇一
—南の風に　二〇
—雪白々と　三三〇
世に生きて　三五七
世に帰る　二〇五
世にさとく　六三
世に人に
—憤ること　一五四
—向けむ怒りを　二一八

世の上に　六六
夜の霧に　九〇
世の常の
—狂牛病など　三三五
—信を拒みし　一一〇
—花見といへる　三三五
—人と自然に　二一
夜の冷えに　二六六
世はなべて　四〇
よべの雪　五五
読まざりし　一八八
読まむものの　三二
読むべきに　三一六
読むべきも　三三六
読むべきを　三五五
読む本を　二四二
読むものの　一三
夜もすがら
—甍に土に　五七
—ひねもす点滴の　二六二
—降りたる梅雨の　一〇三
—降りたる雪の　二九一
夜おそく　一四一
夜々の　一四一
よろこびの　一九
よろぼひて　一一七
よろめきて
—石を踏みゆく　七九
—杖に縋れる　三一五
よろめくは　三三三
齢八十　二二七

ら

雷鳴りて　二一二
拉致とは　三五四
「ランチョン」に　一五五
ランディ・ジョンソンの　三三二

り

リアス式　一三六
立秋を
—過ぎてことしの　二一三
—過ぎてなほ暑き　一二四
リビドウの　三三六
流域の　二六
流星群　二三六
留置場の　一八
流亡の　二五二
両岸の　一九七
両の脚　二二六
療養所に
—君の病みゐし　一七八
—胸養ひし　一一三
旅信一つ　三〇九
林檎植ゑて　二三二
林檎畑に　二三〇

る

涙腺の　一六八
ルビーの石　一七四

れ

冷凍の　五八
歴史は　三〇五
列柱の　三〇八
煉瓦鋪く　八四
煉瓦高き　六〇
煉瓦造りの　九〇
連翹散り　一四六
連翹の
—黄の花墻に　三〇七
—花忽ちに　二三二
レントゲン　二九五
レントゲンの　二七〇

ろ

老舎の名　一九〇
労働と　二六二
六十万年　一七五
露西亜語の　一八五
ロシヤ軍の　二五八
露台より　二七五
露探処刑の　三八
六角塔　三三八
六角塔の　三三九
六角の　二一八
六百号　一八六

わ

ワイン工房に　九一
わが足に　二五一
わが足の
—怠りにして　一七三
—衰へを知る　二四七
—爪伸びて硬きを　二三一
—踏みてよろぼふ　一八六
わが脚の
—老いの衰へ　二七二
—力をさらに　二一七
—冷ゆるを嘆く　五九
わが歩み　四五
わが家の

―アカンサスの祖と　二一一
―裏に崖築きし　一〇七
―たわわの柿を　一〇七
わが生くる
―限り宇宙の　二〇一
―限りワープロは　一二七
若い時　五九
わが腕の　四四
わが老いの　二七
わが老いを　三二九
わが思ひ　一八九
若尾瀾水の　三二四
わが階段　一二三
わが垣に　七六
わが垣の　一九五
わが過去と　三五五
わが過去の　一五六
わが嘗て　一四
わが痒き　三〇〇
わが通ふ　五一
若かりし　三三
和賀川に　四〇
和賀川の　四八
若き子の　二三五
わが義歯の　二九
若き父　八九
わが機能　一四四
若き日に
―同人誌の小説に　二五四
―病みし脚気にも　一四〇
若き日の　五五
若き日を　一四
若きより　一七
少きより　一三三
若くして
―多く病みしが　二七八
―島の砲兵隊に　一三六
壮くして　七〇
わが食はむ　一四一
わが心　八一
わが腰と　三一八
わが腰の　二四二
わが坂は　三〇
わが視界　三四三
わが視野に　三三五
わが生涯　一六七
わが知りて　一八七
わが視力　一三九
わが知れる　三一八
わが住まふ　二五
わが住みし
―家さへすでに　一六〇
―白亜の家の　二五九
わが住みて　二三六
わが棲める　二九〇
わが生の
―限りおほよそ　九二
―臨界をいつと　三二七
わが咳の　一一一
わが狭き　三五三
わが頼む　一二
わが父と　九九
わが腸の　二七七
わが腸を　三二六
わが杖に　三三一
わが爪の　一五四
わが手足　一六一
わが手より　二三九
わが友と　一五三
わが友の
―数減りゆくは　一五四
―戦死の跡を　二〇二
―老人ホームに　一七四
わが庭に
―馬酔木の白き　三二五
―隣れる空間　三三三
―冬の椿の　一六一
わが庭の
―紫陽花ことし　一一一
―荒るるがままに　三〇三
―梅終りぬと　三〇七
―梅の低木に
―多かりし　二四一
―後れたる　二五五
―木草の枯るる　二四七
―草木のたぐひ　三五一
―低木の梅に　一九五
―低木の梅の　二四六
わが庭は　一六六
わが残る　二七一
わが泊てし　一三七
わが母の　二七七
若葉冷えと　三〇二
わが腹を　二四六
わが日々の　五八
わが筆の
―万葉歌碑と　二三五
―万葉歌碑に　二一〇
わが古き　一四七
わが部屋の
―硝子の窓を　九九
―二階を昇り　三一六
―窓の硝子を　八〇
わが帽を　一〇〇
わが骨の　二四一
わが街の　三五七
わが待つに　八一
わが窓に

―来む鳥もなき　三四
―近き仙山線の　七二
―隣る欅の
―木の間より　三四八
―林より　三一一
―隣る林の　三五三
―見下ろす空地　二二九
―ややに近づく　二四七
わが眼　一八五
わが未生
―以前の記憶にて　二三九
―以前は知らず　二一八
わが見ても
―久しくなりし
―玉虫厨子　一二六
―松の古木　六〇
わが身より　八六
わが向ふ　二八一
わがめぐり　三三四
若萌えの　四二
わが家の跡　一一六
わが病ひ　二九〇
わが行きて　二七六
わが行きに　八〇
わが夢に　二六九
わが読まむ　二三九
わが齢
―老と呼ばるるを　一九三
―かへりみること　三三四
湧く水の　二六〇
わざはひの　一六六
わづかなる　一〇一
忘れたる　一八六
わだかまる　一六六
渡りくる　五四
藁草履　二三九
我れ生きて　二八〇
我聞くは　二五七
吾と齢　六六
吾に残る　二〇〇
吾の棲む　二七二
吾の立つ　九〇
吾の目と　一四六
吾の目に　二三九
吾一人　九九
吾見ても
―久しくなりし
―槻の幹　二一〇
―ゆづり葉の　一七三
吾れ見ても　一一二
吾もまた　三四七
吾も見つ　一〇八
吾よりは　六七
吾より一つ　一八九
吾よりも　一三
吾ら住む　三三
吾を呼ぶ　二八二

あとがき

先生逝いて十年、ここに『扇畑忠雄遺歌集』が漸く日の目を見る運びとなりました。これで、われわれ一同、在りし日の先生に賜わった恩恵の一端に報いることができたかと肩の荷の下りた気がいたします。以下にいささか記して今後の参考に供することにいたしたい。

先生の作品は、作歌を始めた昭和五年から平成二年までの八千八百七十二首が既刊の『扇畑忠雄著作集』全八巻（おうふう刊　平成八年完結）のうち、『短歌作品集成』（上、中、下）の三巻に収められているが、平成三年以降の作品が歌集としては未完のままであった。先生逝去（平成十七年七月十六日）ののち歌集刊行のことは夙に話題にのぼったが、気運熟さず時が過ぎた。先生の作品をまとめるのであればこそ拙速は避けなければならないという心理的な圧迫が終始働いていたのは止むを得ないことであった。

そのうち、先生の日記以外の蔵書や遺作のほとんどが日本現代詩歌文学館に寄贈されることになった。ここに至って臍を固めた。

始動は平成二十一年であった。その七月四日、徳山高明、鈴木昱子さん、佐藤淑子さんの三名が日本現代詩歌文学館に赴いた。先生寄贈の厖大な蔵書などはまだ整理中であったが、豊泉豪文芸委員の絶大なご好意とご協力のもとに、平成三年以降の作品数百枚の無償のコピーを得ることができた。その内訳は平成三年から八年までの歌稿ノート、小さな手帳、さらには印刷された紙の裏面、それに先生が短歌を指導する宮城刑務所教育部発行の文芸誌「あをば」であった。作品は「群山」、「あをば」、「河北新報」、各種短歌総合誌紙、個人歌集の序歌、その他各歌会詠草などが一応制作順に記されている。

作品の柱をなすものは月刊誌の「群山」（五首あるいは六首掲載）と「あをば」（七首掲載）である。しかし、いざ整理してノートを作る段になると歌が複雑に重複していたりして作業は簡単ではない。それでも、まず平成八年までの分を整理して委員の数氏に「群山」掲載分を照合してもらった。そののち当方でしばらく立ち止まってしまった。手帳には日記ふうなメモが交じっていたり、紙の裏面に記されたものは順序不同、あるいは判読に苦しむものがあり、使用の漢字についても新旧字体の混交、さらには俗字が交じっていたりして、常用漢字を基本にするという編集の基本原則に今更ながら迷うことになり、当初の気力を削がれたのである。

そして、あの忌まわしい東日本大震災である。それでも平成二十三年三月十一日までにはほとんどの整理を終えていた。そのことを震災直後の「群山」四月号編集後記に、

▽すでに整理を終えている扇畑先生遺歌集の平成三年から十四年五月までのノート十二冊は、狼藉を極める書斎の机辺から幸いにも完全な形で捜し出した。なお歌碑除幕式は予定に従う。

と記している。遺歌集刊行と同時に進めていた扇畑忠雄歌碑建立の方は作業が捗って、その除幕式を予定通り四月十六日取り行うことができた。その歌は、

雪の原青々と翳る時のありいづこともなき北のふるさと

の一首である。

未曾有の大震災を蒙った後の虚脱感は如何ともし難く、遺歌集の作業は再び頓挫することとなった。整理に難渋しながらも最後まで別に原稿を作り、それを清書してきたのであるが、すでに出来上がっているノートを捲ったりしているうちに又編集方針が揺らいだりもしたからである。次のような作品を見るに至ったことも理由の一つであった。それは、

峡の間をつらぬき走る仙山線作並に山寺に停車したしき　（「あをば」平成5年6月号）

青き峡つらぬき走るローカル線作並に山寺に停まるしたしさ　（「短歌」平成5年8月号）

や、

太平洋の波をはなるる太陽の直射の光わが面を打つ　（「群山」平成10年10月号）

太平洋に赤くまどかなる太陽の直射の光り吾に迫り来《く》　（「河北新報」平成11年1月3日）

のような類似の作品、あるいは、

多羅葉《たらよう》の葉を採りて文字に刻みたり黒くにじむは楔形《せつけい》のごと　（「短歌」平成7年7月号）

の「多羅葉《たらよう》」の現代仮名、あるいは「未生」（みしょう、みしやう）のルビの仮名の新旧の混同、「連翹《れんぎょう》」、「れんぎょう」、「花梨《かりん》」、「老懶《ろうらん》」等々の現代仮名の使用などである。

そうしているうちに体調を崩し、検査入院や通院のつづく繁忙の折り皆川二郎君が仙台に居を定めたのを機に、すでに清書を終えていた十二冊のノートと、残り最後までの原稿ノートを預けた。君はさらに類似する作品を見つけ、全体にわたって各年ごとの「見出し」をつけた。

しかるにとどのつまり、腎蔵の人工透析を受ける身となって再び臍を固めた。皆川君からノート等を引き取って一気に始末をつけた。さきの類似の作品は「あをば」の作品のみを消去し残りは生かし

た。全体を見るに、「あをば」や各種歌会等の作品は「群山」や他の短歌総合誌紙とのダブりが多く、作品のいわゆる供給プールの如き役割を果たしているからである。それで本来七首を掲載する「あをば」の作品が場合によっては皆無ということにもなった。新旧仮名遣いや用字の混同は原作通りとした。

出来上がったノートの照合に当たって、最後まで気にかかったことは、当方で全く関知しない方面への投稿歌があり、また、短歌総合誌紙に欠本があって、それのできなかったことである。しかし決断せざるを得ない。平成二十六年十二月十五日、わざわざ出向いて来られた現代短歌社の今泉洋子氏に総じて約二千七百首十三冊のノートを手渡すことができた。皆川二郎君、佐藤淑子さんが立ち合った。その場で編集から製本に至るまで全体的な相談が成り、当方の希望も伝えることができた。

そして平成二十七年一月半ばにゲラ刷りが届き、新たに類似の作品を見つけてショックを受けることもあったが、とにかく校正を終え一月末に佐藤淑子さんに回わした。さらに他の一人の目で最後まで通して見る必要を痛感したのである。つづいて「初句索引」のゲラ刷りが届いた。当方で校正の上これも佐藤淑子さんに回わしさらに、たとえば「七度五分」は「しちどごぶ」か「ななどごぶ」なのか、「よみ」に疑問の残るもの等については刊行委員会のメンバーが一同に会して決定した。これを初校の終了として共に三月五日に今泉洋子氏に返送することができた。

二校はゲラ刷りを二部もらうことにする。一部は委員会のメンバー全員一堂に会し、分担して校正する予定である。場合によっては三校に及ぶこともある得る。

結局は当方の怠慢により難産となったことの言い訳になってしまったが、要はこの遺歌集が多くの読者に正しく理解される一助になればとの深い思いにほかならない。この一冊の作品はすべてが、〈「在るもの」を基として「在らざるもの」を創造する〉という、扇畑忠雄先生の至り着いた独特の写実短歌論の実践例である。したがってどの一首にも先生晩年の生命が自然の光輝を発しているに違いない。

最後に、惜しみないご協力を賜わった日本現代詩歌文学館の豊泉豪氏、現代短歌社の道具武志氏、今泉洋子氏に厚くお礼申し上げる。

平成二十七年三月九日

徳山　高明

扇畑忠雄遺歌集刊行委員

遠藤　正子　川田　永子　佐藤　節子

佐藤　淑子　鈴木　昱子　伊達　宮子

戸板佐和子　皆川　二郎

扇畑忠雄遺歌集　群山叢書第273篇

平成27年7月16日　発行

著　者　扇　畑　忠　雄
編　者　扇畑忠雄遺歌集刊行委員会
代表 徳　山　高　明
発行人　道　具　武　志
印　刷　㈱キャップス
発行所　**現代短歌社**

〒113-0033 東京都文京区本郷1-35-26
振替口座　00160-5-290969
電　話　03(5804)7100

定価5000円(本体4630円+税)
ISBN978-4-86534-101-0 C0092 ¥4630E